카프카 단편집

카프카 단편집

프란츠 카프카 지음 | 박환덕 옮김

차례

이 책을 읽는 분에게   7

○ 관찰
국도의 아이들   13
사기꾼의 가면을 벗기다   19
갑작스러운 산책   22
결심   24
등산   26
독신자의 불행   27
상인   28
넋을 읽고 밖을 바라보다   31
귀로   32
달려서 지나가는 사람들   33
승객   35
의상   37
거절   38
경마 기수를 위한 사색   40
거리를 향한 창   42
인디언이 되고 싶은 소망   43
수목   44
불운하다는 것   45

◦ 시골 의사

새 변호사	55
시골 의사	57
서커스의 관중석에서	68
낡은 페이지	70
법 앞에서	74
승냥이와 아랍인	77
탄갱 방문	84
이웃 마을	89
황제의 사자	90
가장의 걱정	92
열한 명의 아들	95
형제 살인	103
꿈	107
어느 학술원에의 보고	111

◦ 단식 수도자

최초의 고민	129
작은 여인	133
단식 수도자	145
가수 요제피네, 혹은 쥐의 일족	161
연보	188

이 책을 읽는 분에게

카프카는 20세기 현대문학을 대표하는 작가로, 20세기 중반 사르트르와 카뮈에 의해 실존주의 문학의 선구자로 재발굴되었으며, 작품 속에서 '카프카적'인 독특한 세계를 형성하여 존재론적 질문과 근원적인 불안, 갈등을 통해 인간의 실존과 소외, 허무를 심층적으로 다루고 있고 있으며 오늘날의 독자들에게도 널리 읽히고 있다.

카프카는 1883년, 오스트리아-헝가리 제국령이었던 지금의 체코 프라하에서 상인 헤르만(Hermann)과 뢰비(Löwy) 가문인 율리(Julie)의 아들로, 독일어를 사용하는 중산층 유대인 가정에서 태어났다. 상류사회로 진입하기 위해 장신구 등을 팔기 시작해 규모를 키운 아버지의 사업으로 12시간씩 일하는 부모를 대신해 보모와 하인들이 카프카와 그의 형제들을 돌봤다. 카프카는 어린 시절 성격이 유약하고 체구가 작았던 데 반해, 자수성가한 상인이며 체구가 크고 독선적인 아버지와의 관계가 좋지 않았다. 그러나 아버지로 인해 억압받았던 카프카는 일찍이 인간은 어떻게 존재하며, 어떻게 살아가는가 하는 자기 존재에 대한 근원적인 질문을 통해 현대 사회를 살아가는 인간의 존재와 실존, 소외와 허무를 작품에서 보다 심층적으로 다루고 있다.

카프카는 1901년 프라하 구시가지의 독일계 김나지움을 졸업한 후 프라하의 카를페르디난트대학에서 화학을 전공하다가 전공을 바꿔 1906년, 법학 박사학위를 취득했다. 1908년 7월 노동자재해보험국의 관리로 취직하여 1921년 폐결핵 악화로 장기휴가를 얻어 은퇴를 하기 전까지 근무했다.

그는 일생 동안 세 차례의 약혼과 파혼을 겪었는데, 두 차례는 펠리체 바우어와의 약혼이었으며, 한 차례는 1919년 율리 보리체크와의 약혼이었다. 이때 보리체크에 대한 아버지의 반대와 갈등을 계기로 쓴 《아버지께 드리는 편지》는 독선적인 아버지라는 존재에 대한 물음에 스스로 답하는 형식으로 쓰인 편지글로, 결국 아버지에게 부치지 못한 채 사후 책으로 발간되었지만 카프카와 그의 문학에 적지 않은 영향을 미치고 부정적 긍정성으로서 카프카 문학의 원천이라고도 할 수 있다. 아버지에 대한 문답을 통해 카프카에 대한 이해를 넓힐 수 있는 작품이다. 겉보기에는 큰 파장 없는 삶이었으나 카프카의 내면은 불행한 고뇌의 삶이었다.

그의 고뇌는 출생과 동시에 시작되었다. 그는 일생 동안 자기 존재에 대한 질문과 커다란 상처에 시달렸다. 그는 유대인으로 태어났으나 민족적 강인함을 이어온 동방의 정통 유대인이 아닌 유럽화된 서방 유대인에 속했다. 유대인으로 태어났으므로 기독교 사회에는 영원히 속할 수 없었다. 독일어를 사용했으나 체코인은 아니었고 보헤미아계 독일인도 아니었으며, 보헤미아에서 태어났으나 오스트리아에 속하지도 않았다. 또한 노동자재해보험국의 관리였으므로 일반 서민 계급은 아니었으며, 상인 가문에서 태어났으므로 노동자 계급도 아니었다. 그는 태어나면서부터 무수한 세계에 속하면서, 그 어느 곳에도 속하지 않는 이방인이었다. 이러한 배경 때문인지 카프카의 문학은

유별나게 그의 생애와 밀접하게 관계되어 있다. 카프카를 집중적으로 연구한 독일의 영향력 있는 문예작가 빌헬름 엠리히(Wilhelm Emrich)는 카프카의 문학이 지니는 특수성에 대해 이렇게 말한다.

"그의 모든 작품은 하나의 통일된 핵심적인 '약속'에 의해 그 구조가 이루어지고 있다. 하나하나의 작품은 서로 다른 구조로 이루어져 있는 것처럼 보이지만, 세밀하게 관찰하고 분석하면 하나의 근원적인 구조에 의해 이루어져 있음을 알 수 있다."

카프카의 생애는 실존주의가 탄생하기까지의 배경과 일치하는데 기계 문명에 의한 인간의 평균화, 자기 소외, 공동 사회와 개인의 대립, 존재의 독자적인 방법으로써 실존의 자각 등 이처럼 인간의 실존이 사회 구조적으로 위협받기 시작한 20세기 초, 위기 상황 속에서 카프카의 문학이 탄생했다.

카프카에게 있어서 '존재한다'는 것은 '있다'는 의미뿐만 아니라 '소속한다'는 의미를 담고 있다. 존재하고 있을 뿐 아니라 소속되어 있어야 함을 의미하는 것이다. 카프카의 작품은 소속과 무소속, 존재와 비존재, 내면의 고뇌와 무수한 존재론적 질문— 그에 답하는 실존 투쟁이라고 할 수 있다.

이 책에 수록된 《관찰》《시골 의사》《단식 수도자》는 카프카의 소품과 단편을 모은 작품집이다. 《관찰》은 1912년 출간된 카프카의 첫 작품집으로 〈국도의 아이들〉〈경마 기수를 위한 사색〉〈불운하다는 것〉 등 18편의 작품이 수록되어 있다. 1920년에 출간된 두 번째 작품집 《시골 의사》는 자신의 외삼촌 지크프리트 뢰비를 모델로 삼아 자전적인 요소를 담은 〈시골 의사〉와 내면의 근원적인 갈등을 형

상화해서 다룬 〈서커스 관중석에서〉〈황제의 사자〉〈어느 학술원에의 보고〉 등 14편의 작품이 수록되어 있다. 1924년, 키얼링 요양소에서 마지막 시간을 보내며 교정한 원고이자 마지막 작품집인 《단식 수도자》는 폐결핵으로 후두가 부어 말하기와 음식 섭취가 어려운 당시 상황에 영향을 받았는지, 예술가적 삶의 자기 확인으로써 단식을 행하는 광대의 삶을 그린 〈단식 수도자〉와 〈최초의 고민〉〈가수 요제피네, 혹은 쥐의 일족〉 등 4편의 작품이 수록되어 있다. 〈단식 수도자〉의 단식 광대는 전형적인 카프카적 인물로서, 사회 전반에 소속되지 못하고 소외되고 희생되는 개인의 모습으로 그려지고 있다.

  카프카의 처음과 죽음을 함께한 작품집 《관찰》《시골 의사》《단식 수도자》를 한데 묶은 이 책 《카프카 단편집》은 실존주의 문학을 대표하는 작가 카프카가 일생 동안 한 치 양보 없이 전개해온 자기 존재에 대한 물음을 오늘날 다시 새롭게 읽을 수 있도록 도울 것이다.

편집부

관찰
Betrachtung

―M. B를 위하여―

국도의 아이들

 정원의 격자 울타리 너머로 마차 지나가는 소리가 들려왔고, 때로는 조금씩 흔들리는 정원수의 나뭇잎 사이로 그 모습이 보이기도 했다. 무더운 여름의 공기 속에서 수레의 바퀴살과 채가 삐걱거리는 소리! 들판에서 돌아오는 농부들은 민망스러울 정도로 껄껄 웃으면서 지나갔다.
 나는 마침 부모님의 정원 나무 사이에 있는 우리들의 작은 그네에 올라앉아 쉬고 있었다.
 울타리 밖으로는 무엇인가가 계속 지나갔다. 지금도 금방 달음박질을 하는 아이들이 지나갔다. 또한 높이 쌓아올린 보릿단 위에 남자와 여자들이 탄 짐수레가 지나가며 주위 화단에 그림자를 던지고 있었다. 석양 무렵이면 지팡이를 든 신사가 천천히 산책을 하는 모양도 보였는데 팔짱을 낀 두세 명의 소녀들은 그와 마주치면 옆 풀밭으로 길을 비켜서면서 인사를 하였다.
 그리고 참새가 비말처럼 활짝 날았다. 나는 눈으로 그것을 뒤쫓았으나 참새는 단숨에 높이 올라갔기 때문에 마침내는 그들이 날아오르는 게 아니라 오히려 내가 떨어지고 있는 듯한 느낌이 들어, 불안한 마음에 밧줄을 꽉 붙잡고 슬쩍 그네를 흔들기 시작했다. 이윽고 그네를 조금씩 세게 흔들었을 때에는 벌써 서늘한 바람이 불고, 하늘에는 날아가는 새들 대신 떨고 있는 듯한 별이 나타났다.

나는 촛불 밑에서 저녁 식사를 했다. 이따금 두 팔을 나무 탁자 위에 올려놓고, 벌써부터 피로를 느끼면서 버터 바른 빵을 씹고 있었다. 올이 성긴 커튼이 따뜻한 바람에 부풀어올랐다. 이따금 밖을 지나가던 누군가가 나를 잘 보려고 또는 나와 이야기를 해보려고 손으로 커튼을 잡아당겼다. 그럴 때면 대개 촛불은 곧 꺼졌고, 어두운 촛불 연기 속으로 여러 마리의 모기가 떼를 지어 날아다녔다.

누군가가 창가에서 내게 말을 걸어오면, 나는 마치 커다란 산맥이나 또는 허공을 바라보듯 그쪽을 쳐다보았고, 상대방도 특별히 대답을 기다리고 있는 것은 아니었다.

그러다가 누군가가 창틀을 뛰어넘어 와서 여러 친구들이 벌써부터 집 앞에서 기다리고 있다고 알려 오면 나는 물론 한숨 지으며 일어서는 것이었다.

"얘, 왜 그렇게 한숨을 쉬는 거야? 도대체 왜 그래? 무슨 특별한, 돌이킬 수 없는 재난이라도 있었니? 도저히 돌이킬 수 없는 일이야? 정말로 모든 것이 끝장이란 말이야?"

아무것도 끝장난 것은 없었다. 우리는 집 앞으로 뛰어갔다.

"천만다행이다, 마침내 너희들이 왔으니!"
"너는 항상 늦는구나."
"뭐라고, 내가?"
"그래, 너 말이다. 함께 가기 싫으면 집에 있어도 돼."
"걱정 마!"
"뭐라고, 걱정 말라고? 무슨 말을 그렇게 하니?"

우리는 머리로 저녁 어둠을 가르며 앞으로 달려갔다. 낮도 밤도 없었다. 이내 우리들의 조끼 단추들이 서로 스쳐 이가 부딪치는 소리를 냈고, 우리는 또 곧 열대 지방의 짐승처럼 입 속에 불을 머금으며 일정한 거리를 두고 달려갔다. 옛날 전쟁터의 기마병처럼 세차게 땅을 굴러 허공으로 높이 날아오르며 서로 쫓고 쫓기듯이 짧은 골목길을 달려 내려갔고, 계속하여 다리에 힘을 주며 국도로 우르르 달려갔다. 사방으로 흩어져서 몇몇이 길가의 도랑으로 뛰어들어가 어두운 경사면으로 모습이 빨려 들어갔다고 생각되는 순간, 그들은 이미 위쪽 들길에 서서 마치 이방인처럼 아래를 내려다보고 있었다.

"이리로 내려와."
"먼저 올라오라니까!"
"밀어뜨리려고 그러지, 싫어. 그렇게 쉽게 속진 않아."
"왜 그렇게 겁을 내니, 올라와, 올라오라니까!"
"정말 너희들, 우리를 아래로 떨어뜨릴 생각이니? 너희들이 그렇게 할 수 있을 것 같아?"

우리는 돌격했다. 가슴을 찔리고, 도랑의 풀더미 위로 쓰러졌다. 데굴데굴 떨어지기도 하고 장난삼아 스스로 구르기도 했다. 모든 것이 따뜻했으나, 우리는 풀의 따뜻한 기운도 찬 기운도 별로 느끼지 못했다. 그저 맥이 풀리고 피로를 느꼈을 뿐이다.

오른쪽으로 누워 손을 귀밑에 갖다 대자, 그대로 잠들어 버리고 싶은 기분이었다. 물론 턱을 내밀고 다시 한 번 일어서 보려고 했으나 더욱 깊은 도랑 밑바닥으로 떨어지는 것이었다. 그래서 이번에는 팔을 옆으로 내밀고 다리를 비스듬히 쳐들어 공중에다 훌쩍 몸을 솟구쳤으나 더한층 밑으로 떨어져 버렸다. 그러나 우리는 계속 그치지 않고 시도하였다.

도랑 맨 밑바닥에서 몸을 쭉 뻗고 특히 무릎을 펴고 누워, 정말로 잠이 들어 버렸으면 하는 생각은 아직 아무도 하지 못한 채 금방 울음이 터져 나올 것 같은 기분이 되어 아픈 듯이 등을 돌리며 뒹굴고 있었다. 한 번은 누군가가 허리에 손을 얹고 새까만 발바닥으로 우리들의 얼굴 위로 올라와서 경사면으로부터 길 위로 뛰어나갔지만 우리는 그저 두 눈만 깜박거릴 뿐이었다.

달이 벌써 상당히 높이 떠 있었다. 우편 마차가 등불을 켜고 지나갔다. 주위에는 약한 바람이 일었고 도랑 속에서도 그 바람을 느낄 수 있었다. 그리고 근처의 숲에도 살랑살랑 바람이 불기 시작했다. 그러자 이제는 혼자 있는 것도 별로 재미가 없어졌다.

"모두들 어디에 있니?"
"이쪽으로 와!"
"모두 모여라!"
"왜 숨어들 있니, 바보 같은 짓들은 그만둬!"
"우편 마차가 벌써 지나간 것을 모르고들 있니?"
"그럴 리가! 벌써 지나갔어?"
"그래, 네가 자고 있는 사이에 지나갔다."
"내가 자고 있었다고? 안 그랬는데."
"조용해, 네 얼굴에 씌어 있는걸."
"제발 그만해."
"이리 와!"

우리는 꼭 붙어서 달렸다. 서로 손을 잡는 아이들도 있었다. 내리막이므로 모두들 될 수 있는 대로 머리를 높이 쳐들어야만 했다. 누군가가 아메리칸 인디언의 함성을 질렀다. 우리는 전에 없이 다리에 전속력으로 탄력이 붙어 도약을 할 때마다 바람이 우리들의 허리를 들어올렸다. 무엇이 나타나도 우리를 멈추게 할 수는 없었을 것이다. 우리들의 달음박질은 정말로 기분이 좋아서 동료들을 추월

할 때에도 유유히 팔짱을 낀 채 뒤돌아볼 여유가 있을 정도였다.

우리는 빌트바하 다리 위에 서 있었다. 앞서가던 아이들도 되돌아왔다. 다리 밑으로 흐르는 물이 돌과 나무뿌리에 부딪치며 하얗게 부서져서 깊은 밤이라고 느껴지지 않았다. 누군가가 다리의 난간 위로 뛰어오르지 않을 이유는 조금도 없었다.

멀리 무성한 관목숲 뒤에서 열차가 나타났다. 어느 찻간이나 유리창은 꼭 닫힌 채로 대낮같이 등불이 밝혀져 있었다. 우리들 중 한 명이 유행가를 부르기 시작했는데 우리는 모두 따라 부르고 싶었다. 우리는 기차보다도 빠르게 노래를 불렀다. 목소리만으로는 미흡하여 팔까지 휘두르며 불렀다. 목소리를 맞추고 있으려니 우리는 오직 하나의 잡답 속에 융합되어 그 속에 있다는 것이 유쾌했다. 자신의 목소리를 다른 사람의 목소리에 섞을 때 낚시 바늘에 걸린 물고기처럼 꼭 붙잡혀 있는 것이다.

이렇게 해서 우리들은 숲을 등지고 멀리 있는 여행자들의 귀에 노랫소리를 보냈다. 마을의 어른들은 아직도 잠들지 않았고, 어머니들은 밤의 잠자리를 준비하고 있었다.

이제 시간이 되었다. 나는 옆에 서 있는 아이에게는 키스를 하고, 다음 세 아이들에게는 악수만 하고 왔던 길을 되돌아서 달리기 시작했다. 아무도 나를 부르지 않았다. 이제 아무에게도 보이지 않는 첫 번째 사거리에서 나는 길을 돌았다. 들길을 따라 다시 숲속으로 달려갔다. 남쪽 마을을 향해 달렸다. 우리 마을에서는 그 거리를 이렇게 말하고 있었다.

"그 마을 사람들은 잠을 자지 않는다는 거야."
"그것은 왜지?"

"피곤을 느끼지 않으니까 그렇지."
"그것은 또 왜 그래?"
"바보니까 그렇지."
"바보는 피곤하지도 않은가?"
"바보가 어떻게 피곤할 수 있겠어!"

사기꾼의 가면을 벗기다

나는 밤 열 시경에 마침내 전부터 약간 안면이 있긴 했으나, 오늘밤 어느 틈엔지 나를 따라붙어 두 시간 동안이나 거리를 빙글빙글 돌고도 떼어놓지 못한 한 남자와 귀족관 앞에 다다랐다. 나는 그곳 연회에 초대를 받았던 것이다.

나는 "그럼" 하고 말하며, 이제는 꼭 헤어져야겠다는 신호로 두 손을 탁 쳤다. 이렇게 분명하지는 않지만 이미 같은 시도를 여러 번 했고 나는 완전히 지쳐 있었다.

"바로 올라가시겠습니까?" 하고 그가 물었다. 그의 입 속에서 이가 서로 부딪치는 듯한 소리가 들려왔다.

"네."

나는 초대를 받았으며, 그 사실을 그에게도 이미 말해두었다. 나는 이미 즐거운 시간을 보내고 있을 집 안으로 들어가기 위해 초대받은 것이지, 이렇게 문 앞에 서서 마주보고 서 있는 사람의 귀 옆으로 저쪽을 바라보고 있으려고 초대받은 것은 아니었다. 더욱이 지금 마치 이 장소에 오랫동안 서 있기로 결심이라도 한 것처럼 입을 다물고 그와 마주보고 있을 생각도 없었다. 그와 동시에 주위의 집들까지도, 그 집들 위에서 별까지 이어져 있는 암흑까지도 바로 이 침묵에 관여하고 있는 것이었다.

보이지 않는 산책인의 발자국 소리. 그가 어디를 걷고 있는지 생각해볼 마음의 여유조차 없었다. 그리고 끊임없이 건너편 보도로 몰려가는 바람. 어느 방에선가 닫힌 창문 안에서 노래 부르고 있는 축음기— 그것들은 이 침묵 속에서 들어보라는 듯이 들려온다. 마치 이 침묵이 영원한 미래를 두고 오랜 옛날부터 그들의 소유이기라도 했던 것처럼.

그러자 나의 동반자는 자신의 이름을 말하고, 살짝 미소를 지은 후에 또 나의 이름을 댔다. 그리고 벽을 따라 오른팔을 들어올리고 눈을 감으며 얼굴을 그 팔에 기댔다.

그러나 나는 이 미소를 끝까지 보고 있지 않았다. 수치스러운 감정이 문득 내 얼굴을 돌리게 했다. 즉 나는 이 미소를 보고서야 비로소 이 사람이 사기꾼이며 그 이외의 아무것도 아니라는 것을 깨달았던 것이다. 더군다나 나는 이미 수개월 동안 이 도시에 머물렀으므로 이들 사기꾼들을 철저하게 안다고 믿고 있었다.

밤에 옆 골목에서 두 손을 앞으로 내밀고 요릿집 주인처럼 우리들 쪽으로 향해 오는 모습도, 우리가 서 있는 광고용 기둥 주위를 숨바꼭질하는 것처럼 빙빙 돌며, 둥근 기둥 그늘에서 적어도 한쪽 눈으로는 우리를 곁눈질하면서 살피는 모습도, 사거리에서 우리가 불안해질 때면 불시에 우리들 눈앞에 보이는 인도 가장자리에 훌쩍 모습을 나타내는 것도!

나는 그들을 잘 알고 있었다. 그들은 조그마한 여관에서 처음으로 알게 된 이 도시의 사람들이었다. 그래서 나는 그들 덕분에 처음으로 굽히지 않고 꿋꿋이 나아가는 성질을 이 눈으로 보았다. 지금에 와서는 이 지상에서 그 불굴성을 제외시키고는 아무것도 생각할 수 없으며, 나 자신 속에서 그것을 이미 느끼고 있었다.

그들로부터 이미 오래전에 도망쳐 이제 더 이상 아무것

도 붙잡힐 것이 없다고 느낄 때면 그들은 또다시 나타나 딱 마주보고 서 있는 것이다. 그들은 결코 주저앉아 버리거나 넘어지는 일이 없다. 여전히 먼 곳이기는 하지만 확신을 가진 눈길로 누군가를 조용히 지켜보고 있다. 그리고 그들의 수법은 언제나 똑같다. 될 수 있는 한 넓게 퍼져서 우리들의 앞길을 가로막고 우리가 가려고 하는 장소로부터 우리를 차단시키려고 한다. 그 대신 그들 자신의 가슴 속에 우리들의 거처를 준비하고 있다. 그리고 쌓이고 쌓인 감정이 우리 내부에서 고개를 쳐들 때면 그들은 그것을, 얼굴을 앞으로 내밀고 자기 스스로를 내던지는 포옹으로 받는다.

그런데 이번에 한해서, 나는 옛날부터 내려온 이 유희에 대해 오랫동안 함께 걸은 후에야 비로소 깨달은 것이다. 나는 손가락 끝을 상처가 날 정도로 문질러 이 치욕을 떨쳐 버리려고 했다.

그러나 상대방은 아직도 전에 있던 장소에 몸을 기댄 채 여전히 자신을 사기꾼이라 믿으며, 자신의 운명에 대한 만족감으로 그의 가려져 있지 않은 뺨이 상기됐다.

나는 "알았어" 하고 말하며 그의 어깨를 가볍게 탁 쳤다. 그러고는 계단을 급히 올라갔다. 위쪽 대기실에서 더 없이 충실한 하인들의 얼굴을 바라보자 근사한 무언가에 의해서 불의의 습격을 당한 것처럼 놀라며 기뻤다. 하인들이 내 외투를 벗겨주고 구두의 먼지를 털어주는 동안 나는 그들을 번갈아 둘러보았다. 그러고는 안도의 숨을 내쉬고 몸을 뒤로 젖히면서 홀 안으로 들어갔다.

갑작스러운 산책

저녁 무렵, 오늘은 그만 집에 있어야겠다고 굳게 결심한 것처럼 보일 때, 평복으로 갈아입은 후 저녁 식사를 마친 뒤 탁자 위에 등불을 밝히고 앉아 언제나 끝낸 후에 잠자리에 들던 습관대로 놀이를 시작했을 때, 바깥 날씨가 사나워 집 안에 있는 것이 당연하다는 생각이 들었을 때, 이미 꽤 오랫동안 책상 앞에 앉아 조용히 있었으므로 이제 새삼스럽게 나간다고 하면 모두들 놀라 기절할 것임이 분명한 그때, 이미 계단 쪽은 어둡고 현관문도 닫혀 있으나 그래도 역시 갑자기 불쾌해서 견딜 수가 없게 되어 윗옷 갈아입고 금방 외출 준비를 한 뒤 잠깐 나갔다 오겠다 말하고, 실제로 또 간단히 작별을 고하고 마치 방문을 닫는 속도에 따라 뒤에 남는 불쾌감의 정도가 늘기도 하고 줄기도 하는 것처럼 생각하며, 거리로 나오자 간신히 자신을 되찾아 뜻하지 않게 주어진 자유에 보답이라도 하듯이 팔다리를 가볍게 움직여 이 단 하나의 결심에 의해 모든 일을 결심할 힘이 이미 자기 자신 속에 집중된 것처럼 느껴지고, 요구받는 것 이상으로 순간적인 변화를 완성시켜 그에 견디는 힘이 자신에게 있다는 것을 보통 이상의 의의를 갖고 인정할 때, 그리고 그런 식으로 긴 거리를 걸어갈 때— 사람들은 그날 밤 완전히 그의 가족의 울타리에서 벗어나 있고 가족들은 그림자와 같은 존재로 바뀌고 그 대신

자기 자신은 아주 확고하게 검은 윤곽을 드러내고, 넓적다리 뒤를 두드리면서 지금이 진짜 자신의 모습이라고까지 높여지는 것이다.

이런 깊은 밤에 어떻게 지내고 있을까 하고 한 친구를 방문하게 되면 이 모든 느낌은 한층 강화되지 않을까.

결심

 의지적으로 에너지를 작용시키면 비참한 상태에서 빠져나오는 것이 용이할 것이다. 나는 안락의자에서 몸을 벌떡 일으켜 테이블 주위를 뛰어다니며, 머리와 목을 움직이고 눈에 불을 켜고 눈 주위의 근육을 긴장시킨다.

 모든 감정을 억제하고 지금 A가 찾아오면 그에게 뜨거운 기세로 인사를 하고, B가 내 방에 있는 것도 참고 견디면서 정답게 대하고, C의 집에서 거론되는 모든 일에 대해 고통을 참고 노고를 마다하지 않으며 숨을 나의 내부로 길게 들이마신다.

 그러나 그런 식으로 진전되면 역시 피하기 어려운 실패와 더불어 모든 일이, 가벼운 것도 무거운 것도 불시에 가로막혀 버릴 것이다. 그래서 나는 빙빙 선회하면서 옛 모습으로 되돌아가지 않으면 안 될 것이 틀림없다.

 그러므로 결국 모든 것을 받아들이기 위한 최상책은 역시 스스로 무거운 덩어리처럼 행동하는 일이다. 그래도 날아가 버릴 것처럼 느껴진다면 유혹에 넘어가 불필요한 행동을 일체 하지 말 것. 상대방을 짐승의 눈으로 지켜보고 후회하지 말 것. 요컨대 유령으로서 생명을 간신히 유지하고 있는 모든 것들을 자기 자신의 손으로 눌러서 죽여 버릴 것. 즉 무덤과 같은 최종적인 안식을 늘리고 그 이외의 것은 무엇도 더 이상 존속되지 않도록 하는 것이다.

그러한 상태의 특징이라고 말할 수 있는 행위는 새끼손가락으로 눈썹 위를 살짝 쓰다듬는 일이다.

등산

"나로서는 알 수가 없다"고 나는 마음속으로 외쳤다.

"나로서는 정말로 알 수가 없다. 아무도 오지 않는다면 아무도 오지 않는 것이다. 나는 누구에게도 나쁜 짓을 한 적이 없고, 또 아무도 내게 나쁜 짓을 하지 않았다. 그런데도 아무도 나를 도우려 하지 않는다. 결코 그 누구도. 아니, 그렇게 말하려 한 것이 아니었다. 오히려 아무도 나를 도와주지 않는다는 것— 전혀 아무도 없다는 것은 바람직한 것이다. 나는 '아무것도 아닌 사람'들과 아주 기꺼이 피크닉 가고 싶다고 생각한다. 왜 그렇게 생각하지 않겠는가. 물론 산으로. 달리 어디를 가겠는가?

이 아무것도 아닌 사람들이 웅성거리며 가고 있다. 많은 팔들이 비스듬히 뻗고 혹은 서로 팔짱을 끼며, 많은 발들이 거의 발뒤꿈치를 맞대고 가고 있다. 모두가 연미복을 입고 있는 것은 말할 것도 없다. 이렇게 해서 우리는 의기양양하게 간다. 바람은 우리들 사이, 우리들의 손과 발 사이로 빠져 나간다. 목청은 산 속에서 자유로워진다. 우리가 노래를 부르지 않는다는 것, 그것이야말로 기적이라고 말하는 것이다."

독신자의 불행

 언제까지나 독신자로 산다는 것은 괴로운 일인 모양이다. 나이가 들어 하룻밤 정도 사람들과 함께 지내고 싶을 때, 그는 품위를 지키면서 함께 어울려주기를 애원하지 않으면 안 된다. 병이 들면 침대에 누워 몇 주일 동안이나 텅 빈 방 안을 바라보아야 하고, 언제나 사람들과 문 앞에서 헤어져야 하며, 한 번도 자신의 아내라는 사람과 나란히 계단을 오르는 일도 없다.

 방 안에 들어오면 다른 집으로 통하는 옆문만이 있을 뿐이고, 밤마다 자신의 저녁 식사를 한쪽 손에 들고 집으로 돌아오지 않으면 안 된다. 남의 집 아이들의 모습을 놀라움으로 쳐다보며 '내게는 하나도 없다'고 되풀이해서 말하고 있을 수만도 없다. 또한 자신의 외모나 태도를 젊은 시절 추억 속의 하나 혹은 둘의 독신자를 본떠서 만들어 내야 하는 것이다.

 그것은 괴로운 일일 것이다. 실제로 오늘 혹은 또 장래에 누구나 그런 형편이 될지도 모른다. 자신의 살아 있는 몸으로, 말 그대로 현실적인 머리와 이마를 손바닥으로 철썩 칠 수밖에 없다.

상인

 몇몇 사람들이 나를 동정해주고 있는지도 모른다. 그러나 나는 그것을 조금도 느끼지 못한다. 내 마음은 나의 조그마한 장사 걱정으로 가득 차 있다. 그래서 내 이마와 관자놀이가 쿡쿡 쑤시고 아플 지경이다. 그렇지만 전혀 만족스러워질 전망이 보이지 않는다. 뭐라고 해도 나의 장사는 보잘것없는 것이다.

 일을 시작하기에 앞서 몇 시간 동안 결정을 내려야만 하고, 심부름꾼의 기억력이 잠자지 않도록 해야 하며, 걱정스러운 실패를 경계하고, 한 계절이 시작되었다고 생각하면 또다시 다음 계절의 유행을 생각해야 된다. 그것도 우리 지역 사람들 사이의 유행에 대한 것이 아니라 다른 지방에 사는 잘 통하지 않는 사람들 사이의 유행을 생각해야 하는 것이다.

 내 돈이라고 해도 결국은 남의 주머니 속에 있는 것이다. 남의 살림 형편 따위는 내가 확실히 알 바가 아니다. 남이 어떤 불행에 빠질지 알 필요도 없다. 내가 어떻게 그것을 막을 수 있겠는가! 게다가 누구는 또 갑자기 낭비벽이 생겨 요릿집 뜰에서 큰 잔치를 벌이고 있을지도 모른다. 또 다른 패거리는 아메리카로 향하는 도피 여행 중의 한때를 이 잔치에서 보내고 있는지도 모를 일이다.

 그런데 어느 주말 저녁 무렵에 가게 문을 닫아 버리자

갑자기 나의 장사의 끝없는 용무에는 필요하지 않은 몇 시간이 눈앞에 펼쳐져 있는 것을 본다. 그럴 때면 내가 아침에 앞당겨 느끼고 있던 흥분이 밀물처럼 다시 내 마음속으로 밀려온다. 그러나 나의 내부에서 그것을 지탱할 수가 없게 되자 목표도 없이 나 자신을 어디론가 흘려보낸다.

그래도 나는 이 들뜬 기분을 조금도 이용하지 못하고, 오직 집으로 돌아갈 수밖에 별도리가 없다. 얼굴도 손도 더럽고 땀투성이가 되어 있기 때문이다. 게다가 양복에는 때가 묻고 먼지투성이며, 머리에는 작업모를 썼고 짐 상자의 튀어나온 못에 걸려 여기저기 찢어진 구두를 신고 있다. 할 수 없이 나는 파도 위를 걷는 모습으로 걸어가면서 양손의 손가락을 딱딱 소리 내어 꺾는다. 그리고 어린아이들이 스쳐갈 때마다 머리를 쓰다듬어 준다.

그러나 거리는 가깝다. 나는 곧 집에 도착하여 승강기의 문을 열고 안으로 들어간다.

나는 지금 갑자기 홀로 된 나를 발견한다. 다른 집 사람들은 계단을 여러 단 올라가야 하고, 약간은 지쳐서 누군가 문을 열어주러 올 때까지 조급한 숨을 몰아쉬며 기다려야 한다. 이것이 그들에게 화가 치밀고 초조함을 느끼게 한다. 그러고 나서 현관방으로 들어가 모자를 걸어 놓은 다음 복도를 거쳐 유리가 끼워진 몇 군데의 문 앞을 지나서 자신의 방으로 들어가야 그들은 비로소 혼자가 되는 것이다.

그런데 나는 승강기 안에서 바로 혼자가 될 수 있다. 무릎에 손을 짚고 좁은 거울 속을 들여다본다. 승강기가 올라가기 시작하면 나는 말한다.

"가만히 틀어박혀 있거라. 나무 그늘로 가고 싶은가, 창문의 커튼 뒤로, 나뭇잎의 터널 속으로?"

나는 이를 악물고 이렇게 말했다. 그러자 계단 난간이 우윳빛 유리창 위로 폭포처럼 쏟아져 내린다.

"날아가거라. 한 번도 본 적이 없는 너희들의 날개가 너희들을 골짜기 마을로, 아니면 가고 싶다면 파리로라도 날라다 주었으면 좋겠다. 그러나 행렬이 세 방면의 거리로부터 다가와서 서로 양보하지 않고 뒤섞여 결국 최후의 줄 사이에 다시 간격이 생길 때까지, 창 밖을 바라보는 것을 즐기도록 하라. 손수건을 흔들어라. 깜짝 놀라 하늘을 쳐다보고 눈물을 머금어라. 지나가는 아름다운 부인을 찬미하라. 시냇물 위의 나무 다리를 건너, 물놀이를 하는 어린 아이들에게 고개를 끄덕여 보이고, 멀리 있는 장갑선 위의 수천의 마도로스들이 부르는 만세 소리에 놀라도록 하라. 눈에 띄지 않는 사나이를 뒤쫓아 골목 안으로 몰아넣어서 그의 소지품을 강탈하고, 그것이 끝나면 너희들은 각자의 주머니에 손을 찔러 넣고, 그가 깊이 낙심하여 터덜터덜 거리 모퉁이를 왼쪽으로 돌아가는 그 뒷모습을 바라보도록 하라. 그러면 여기저기에서 말 등에 올라탄 경찰관이 달려와선 말을 세우고 너희들을 격퇴시킨다. 하고 싶은 대로 내버려 두어라. 텅 비어 버린 거리는 그들의 기분을 비참하게 만든다. 나는 알고 있다. 이제 그들은 말에 올라타고 삼삼오오 짝을 지어 천천히 거리의 모퉁이를 돌아 나는 듯이 광장을 횡단하여 돌아간다."

이때 나는 내리지 않으면 안 된다. 승강기를 밑으로 내려보내고, 벨을 울린다. 그러면 하녀가 문을 열고, 나는 그녀에게 인사말을 던진다.

넋을 잃고 밖을 바라보다

 지금 부산하게 다가오고 있는 이 봄의 나날들, 우리는 무엇을 해야 좋을까? 오늘 아침의 하늘은 잿빛으로 흐려져 있었다. 그런데 지금 창가로 다가가 보니 깜짝 놀라 무의식 중에 뺨을 창 손잡이에 대지 않을 수 없었다.
 창 아래 거리를 걸어가는 소녀의, 문득 돌아다보는 어린아이 같은 얼굴 위로, 물론 이미 저물어 가고 있기는 하나 태양의 빛이 환히 비치는 것이 보인다. 그리고 동시에 그녀의 등뒤에서 급히 걸어오고 있는 남자의 그림자가 그 얼굴 위로 떨어지는 것이 보인다.
 곧 그 남자는 지나가 버린다. 그러자 어린아이의 얼굴이 완전히 밝아진다.

귀로

소나기가 내린 후의 공기의 영향력을 보라! 나의 갖가지 공적이 의식 속에 나타나서는 내가 반항하지 않는데도 순간적으로 나를 압도해 버린다.

나는 힘차게 걸어간다. 그리고 나의 걸음 속도는 이 길 한편의, 이 주위 일대의 속도가 된다. 문을 두드리는 소리, 테이블을 두드리는 소리, 이 모든 소리에 대해 내게 책임이 있는 것은 당연한 일이다. 건배하는 모든 축하 소리에 대해서, 또 지금 침대 속에 있는 두 사람의 연인들, 새로 건축 중인 건물의 골조 사이에 또는 어두운 거리의 벽에 착 달라붙어 있는 연인들, 또는 유곽의 터키식 긴 의자 위 두 사람에 대해 내가 책임을 느낀다고 하여 이상할 것은 없다.

나는 나의 미래에 대하여 나의 과거를 존중한다. 하지만 내 경우엔 양쪽 모두 만족스러우므로 어느 쪽이 좋다고 말할 수는 없다. 오직 내게 은총을 주시는 신의 뜻이 불공평함을 비난할 수밖에 없다.

방에 들어설 때 나는 약간 생각에 잠기는 듯한 기분이 든다. 그렇다고 해서 계단을 올라오는 동안에 특별히 무슨 생각이 났다는 것은 아니다. 나는 창문을 완전히 열어젖히고 아직도 어느 집 뜰에선가 울려오는 음악 소리를 들었으나, 그렇다고 해서 별로 도움은 되지 않는다.

달려서 지나가는 사람들

 밤에 거리를 산책하고 있는데 멀리서부터 눈에 띄던 한 사나이가 ―눈앞에 도로는 오르막길이고 때마침 보름달이 떠 있었다― 우리들 쪽으로 달려오더라도 우리는 그 사나이를 붙잡지 않을 것이다. 비록 그 사나이가 허약하게 생겼고 누더기를 걸치고 있을지라도, 또 비록 누군가 그의 뒤를 쫓아오면서 소리를 지른다 할지라도. 오히려 우리는 그가 달리는 대로 내버려 둘 것이다.
 때는 밤인 데다가 보름달이 비치는 거리가 바로 눈앞에서 오르막길로 펼쳐져 있는데 우리가 어떻게 책임을 질 수 있겠는가. 게다가 두 사람은 경주를 하면서 놀고 있는 것인지도 모르고, 또 다른 한 사람을 뒤쫓고 있는지도 모르며, 앞선 사나이는 죄가 없는데 쫓기고 있는지도 모르고, 뒤쫓는 사나이가 그를 죽이려 하고 있는지도 모르는 일이다. 그렇다면 우리는 살인방조죄로 문책당하게 되리라. 혹시 또 두 사람은 전혀 서로 모르는 사람들로서 각자 자신의 일로 자기 침대를 향해 달리고 있는지도 모른다. 또 그들은 몽유병자일지도 모르며 앞선 사나이가 흉기를 갖고 있을지도 모른다.
 게다가 우리가 지쳐서 기어이 게으름뱅이가 된다고 해도 나쁠 까닭이 어디 있겠는가. 우리는 그토록 많은 포도주를 마시지 않았는가.

우리는 두 번째 사나이의 모습이 더 이상 보이지 않는 것을 보고 안도의 숨을 내쉰다.

승객

　나는 전차의 플랫폼에 서 있다. 그래서 이 세계, 이 도시, 또 가정 안에서의 나의 위치를 생각해볼 때 참으로 불안하다. 게다가 나는 또 어떤 방향으로 도대체 어떻게 당연한 요구를 할 수 있는가. 그 경우에 국한된 일이라도 좋으니 말하라고 해도 나는 대답할 수가 없을 것이다. 나는 지금 이렇게 승강대 위에 서 있는, 손잡이 가죽끈을 붙잡고 이 전차에 실려 가는 자신을 조금도 변호할 수가 없으며, 사람들이 전차를 피하거나 조용히 걸어가거나 또는 쇼윈도 앞에 서 있는 것에 대해서도 아무런 변호를 할 수가 없다— 물론 아무도 내게 그런 것을 요구하지는 않는다. 그러나 마찬가지 일이다.

　전차는 어느 정거장엔가 가까워지고 한 소녀가 이번에 내리기 위해 승강구 가까이로 나온다. 나는 마치 그녀를 만져나 본 것처럼 확실히 알 수가 있다. 그녀는 검은 의상을 입었고, 스커트 주름은 거의 흔들리지 않는다. 블라우스는 가슴에 꼭 끼고, 올이 가는 흰 레이스 깃을 달고 있다. 왼손은 벽에 찰싹 붙이고 있으며 오른손에 든 양산을 위에서부터 두 번째 단에 짚고 있다.

　그녀의 얼굴은 갈색이며, 양옆이 약간 눌린 것처럼 생긴 코끝은 둥글고 통통하다. 그녀는 풍성한 다갈색 머리를 하고 있었는데 오른쪽 관자놀이 근처의 가는 머리카락이 바람에 날리고 있다. 그녀의 작은 귀는 뒤로 달라붙어 있다. 그럼에도 불구하고 바로 옆에 서 있었기 때문에 내게는 오른쪽 귀 뒤가 완전히 보이며 귀밑에 그늘진 곳까지 모두 들여다보인다.

   그때 나는 내 자신에게 물었다. 그녀가 자기 자신에 대해 의아한 생각을 갖지 않고 입을 꼭 다문 채 전혀 개의치 않는 것이 어떻게 가능할까 하고.

의상

 나는 여러 겹으로 잡힌 주름과 주름의 가장자리, 그리고 드리워져 펄럭이는 장식이 달린 의상이 아름다운 몸에 화려하게 감겨 있는 것을 흔히 보는데, 그런 때에 내가 생각하는 것은 그것이 언제까지나 그 모양대로 있지는 않을 것이란 사실이다. 주름이 져도 더 이상 똑바로 다리미질을 할 수 없으며 먼지가 묻어도 그 장식물 사이에 두텁게 끼여 더 이상 털어낼 수 없게 될 것이다. 그리고 매일 똑같은 값비싼 의상을 아침에 입고 저녁에 벗는 슬픈 바보짓을 할 사람이 있을까 하는 생각이 든다.

 그러나 나는 종종 보는 것이다. 아름답기도 하고 매혹적인 근육과 예쁜 관절을 가졌으며 팽팽한 피부와 풍성하고 부드러운 머리카락을 가진 소녀가, 그럼에도 불구하고 매일 싫증도 내지 않고 똑같은 천연색의 가장무도회 의상을 입고 나타나는 것을. 그리고 언제나 똑같은 얼굴을 손바닥 위에 올려 놓은 자신의 손거울에 비춰보는 것을.

 다만 때때로 그녀가 밤늦게 시끄러운 연회에서 돌아와 거울 속에 비친 그 의상을 보게 되면, 구겨지고 부풀어오르고 먼지투성이가 되어 온갖 사람들의 눈에 띄므로 더 이상 입을 수 없다는 것을 깨달을 것이다.

거절

내가 아름다운 소녀를 만나 그녀에게 이렇게 부탁한다.
"어때? 나와 함께 가지 않겠어?"
그런데 그녀가 잠자코 지나간다면, 그녀는 마음속으로 이렇게 말하고 있는 것이다.
"당신은 세상 사람들의 입에서 입으로 옮겨 다니는 소문난 공작도 아니고 인디언과 같은 용모에 용기 있는 평온한 눈, 초원의 공기와 그 속을 흐르는 시냇물에 씻긴 피부를 지닌 체격이 좋은 미국인도 아니며, 당신은 어디에 있는지도 모르는 대해를 목표로 하여 여행한 적도, 그러한 대해를 배로 여행한 일도 없죠. 그런데 아름다운 소녀인 내가 무엇 때문에 당신과 함께 가야 된다고 생각하세요?"
"하지만 아가씨는 잊고 있어요. 아가씨는 위세 좋게 거리를 달리는 멋진 자동차를 타고 있는 것도 아니고 게다가 거북스러운 의상을 입고 긴장하고 있는 아가씨의 동반자들도 없어요. 아가씨를 위해 축복의 기도를 중얼거리면서 정확한 반원을 그리며 아가씨의 등뒤에서 따라가는 사람들 말이오. 아가씨의 가슴은 코르셋으로 훌륭하게 잡아맸지만 아가씨의 넓적다리나 허리 주위는 그 검소함을 보상하고도 남음이 있어요. 아가씨는 작년 가을 우리 모두를 즐겁게 했던, 주름이 많은 호박단(태피터) 옷을 입고 있군요. 그런데 이따금 —그러한 생명의 위험을 육체 위에 걸치고 있으면서도— 아가씨는 무심히 미소만을 짓고 있어요."
 "그래요, 우리들 각자의 주장은 틀리지 않아요. 하지만 그것을 서로 지나치게 의식하여 어떻게 할 방도가 없게 되기 전에, 서로 각자 집으로 돌아가도록 해요."

경마 기수를 위한 사색

잘 생각해보니, 경마에서 1위로 도착하고 싶다는 생각을 일으키게 할 만한 가치는 아무것도 없다.

한 고을의 제일 훌륭한 기수로 인정받는 영예는 오케스트라가 힘차게 울리기 시작함과 동시에 지나치게 마음을 들뜨게 하기 때문에, 이튿날 아침 아무래도 후회가 생기는 것을 막을 수 없다.

적수의 책략에 충만된 상당한 세력가들의 질투는 우리들을 사람들의 좁은 울타리 속에서 고통을 느끼지 않을 수 없게 한다. 우리는 말을 타고 그 많은 사람들의 울타리 사이를 빠져나가 평지로 나가는데, 그곳은 어느 틈에 텅 비어 있고 오직 두세 명의 추월당한 기수가 지평선 끝으로 말을 타고 가는 모습이 조그맣게 보일 뿐이었다.

대개 많은 친구들은 당첨금을 타기 위해 서두르며, 먼 창구에서 어깨 너머로 우리들에게 단지 "만세"를 외쳐 댄다. 그러나 가장 좋은 친구들은 결코 우리 말에 걸지 않는다. 만일 내 말에 걸었다가 손해를 볼 경우, 우리를 원망하게 될 것을 걱정하기 때문이다. 그런데 우리 말이 우승을 하자 한 푼도 걸지 않은 그들은 우리가 지나갈 때 일부러 외면한 채 관중석을 바라본다.

성적이 나쁜 기수들은 말 안장에서 떠나지 않고, 그들에게 찾아온 불행을 돌아보며 자신들에게 그 어떤 부정이 있지는 않았을까 하고 머리를 짜본다. 그들은 억지로 기운찬 모습을 보인다. 마치 이제부터 다시 경주가 시작되기라도 할 것처럼. 더욱이 전의 것은 아이들 장난이고 이번 경주가 진짜인 것처럼 말이다.

많은 부인들에게는 우승자들이 우스꽝스럽게 보인다. 그들은 우쭐하지만 결국 계속되는 악수와 축사, 인사말, 멀리 인사를 보내는 일에 당황하여 어떻게 해야 좋을지 모른다. 한편 패자들은 대개 입을 다물고 힝힝거리는 말의 목덜미를 가볍게 두드려주고 있다.

마침내 흐린 하늘에서는 비마저 내리기 시작한다.

거리를 향한 창

혼자서 생활하고 있으면서 그래도 때로는 무엇인가에 대해 관계를 갖고 싶은 사람, 하루 동안의 시간 변천과 날씨 변화, 직업의 변화와 같은 것들에 대해 다만 까닭없이 매달릴 수 있는 그 어떤 팔을 보고 싶어하는 사람은— 거리를 향한 창문 없이는 도저히 참고 견딜 수가 없다. 그리고 특별히 아무것도 원하지 않는 그가 오직 지친 사나이로서 군중과 하늘 사이로 눈을 방황시키면서 창틀에 기대어 아무런 욕망도 없이 머리를 약간 뒤로 젖히고 있으면, 그래도 어느 틈엔지 창문 밑을 지나가던 말들이 그 뒤에 끌고 있는 수레와 소음 속으로 그를 끌어들여, 결국 함께 사는 인간의 세계로 이끄는 것이다.

인디언이 되고 싶은 소망

 아아, 아메리칸 인디언이 될 수만 있다면! 망설일 것도 없이 말에 올라타서 비스듬히 허공을 가르며, 진동하는 대지 위를 몇 번이고 진동시키고는 마침내 박차를 내던지고—왜냐하면 박차 같은 것은 없었으니까—, 마침내 고삐도 내던진다—왜냐하면 고삐 같은 것도 없었으니까. 그리고 깨끗이 깎인 황야와 같은 대지마저도 이제 거의 눈에 보이지 않는다. 이미 말의 목도 없고 말의 머리도 없다.

수목

왜냐하면 우리는 눈 속에 서 있는 나무의 줄기와 같다. 그것은 보기에 미끄러운 눈 위에 올라서 있다. 슬쩍 밀면 간단히 밀려날 것같이 보인다. 그러나 그렇게는 되지 않는다. 대지에 굳게 뿌리를 내리고 있기 때문이다. 그런데 보라, 그것마저도 겉치레에 불과하다.

불운하다는 것

 더 이상 참을 수 없게 되었을 때 —11월의 어느 날 석양이 질 무렵의 일이다— 내 방의 좁은 융단 위를 경주 트랙처럼 달리기 시작하여 등불이 켜진 거리가 눈에 들어오자 깜짝 놀라 다시 방향을 바꾸고, 방 안 깊숙한 곳에 있는 거울 속에서 다시 하나의 새로운 목표를 발견하고 고함을 지르지만, 그것은 단지 고함소리를 듣기 위함일 뿐 그에 대한 반향은 전혀 없다. 또 고함의 위력을 빼앗는 그 어떤 것도 없기 때문에 그 소리는 저울의 접시 한쪽이 비었을 때처럼 올라가기만 하고 그가 침묵하려 해도 멈출 줄 모른다. 그때 문득 벽 속에서 참으로 재빠르게 하나의 문이 열렸다. 무슨 일이 있어도 서둘러야 했기 때문이다. 게다가 창 아래 포장된 길 위에는 마차를 끄는 말이, 마치 미친 듯이 날뛰는 전장의 말처럼 목구멍까지 드러내 보이면서 꼿꼿이 서 있었다.
 아직 램프가 켜지지 않은 어두운 복도에 한 어린아이가 조그마한 유령처럼 슬쩍 나와 약간 흔들리고 있는 마루의 들보 위에 발돋움을 하고 섰다. 방 안의 희미한 빛에 곧 눈이 부신 듯 아이는 얼굴을 두 손으로 급히 가리려고 했으나, 문득 창으로 눈길이 가자 그대로 있었다. 창문의 십자형 창살 앞에는 거리의 등불이 뿌옇게 안개처럼 떠올랐다가는 마침내 어둠 속으로 녹아 들어가 버렸다.

아이는 열려 있는 문 앞에서 오른쪽 팔꿈치를 벽에다 대고 똑바로 선 채 밖으로부터 불어오는 바람이 다리의 관절 주위를, 그리고 목과 관자놀이를 스쳐가는 대로 내맡기고 있었다.

나는 잠시 바라보고 있다가 "안녕" 하고 말하고는 난로 펜스에 걸쳐둔 내 윗옷을 집어 들었다. 이렇게 거의 벗은 모습으로 서 있고 싶지 않았기 때문이다. 나는 잠시 동안 입을 벌린 채로 있었는데, 그것은 흥분이 입을 통해 도망가기를 바란 것이다. 내 몸속에서는 기분 나쁜 침이 솟고, 얼굴에서는 속눈썹이 경련을 일으켰다. 요컨대 이 고대하던 방문이야말로 나에게 더할 수 없는 불쾌감을 불러일으키는 것이었다.

어린아이는 아직 벽 쪽의 같은 장소에 서 있었다. 오른손을 벽에 대고 뺨을 빨갛게 물들이면서 하얗게 칠한 벽의 거친 입자를 손가락으로 계속 문지르고 있었다.

나는 말했다. "도련님은 정말로 나를 찾아왔나요? 잘못 찾아온 것은 아닌가요? 이 집은 커서 곧잘 실수가 생긴답니다. 내 이름은 이러이러한데, 4층에 살고 있어요. 그래도 도련님이 찾아온 사람이 나인가요?"

"너무 그렇게 떠들지 마세요" 하고 어린아이는 어깨 너머로 잡아채듯 말했다.

"모든 것이 틀림없어요."

"그럼 안으로 들어와요, 나는 문을 닫고 싶으니까."

"문이라면 그대로 계세요. 내가 방금 닫았으니, 아무 걱정하지 마세요."

"특별히 걱정하는 것은 아니에요. 다만 이 복도 양쪽에는 많은 사람들이 살고 있어요. 물론 모두들 내가 아는 사람들이에요. 대부분 지금 직장에서 돌아올 시간입니다. 방

안에서 말소리가 들리면, 당연히 모두들 찾아와서 무슨 일인가 하고 들여다볼 권리가 있다고 생각하겠죠. 그래요, 이 사람들은 하루의 일을 끝내고 온 것입니다. 일시적으로 얻은 저녁 한때의 자유 속에서 누구의 명령에 굴복하겠어요! 더욱이 그런 일쯤은 당신도 물론 알고 있겠죠. 문을 닫도록 해주세요."

"아니, 왜 그러십니까? 무엇을 생각하십니까? 저는 온 집안 사람들이 온다고 해도 조금도 상관없어요. 게다가 다시 한 번 말씀드립니다만, 제가 이미 문을 닫았습니다. 당신만이 문을 닫을 수 있다고 생각하시나요? 그뿐 아니라 자물쇠도 채웠습니다."

"그렇다면 좋아요. 특별히 그 이상의 것을 바라지는 않아요. 자물쇠 같은 것은 채우지 않는 것이 좋아요. 하지만 이미 이곳에 와 계시니까 부디 편히 있도록 해요. 당신은 내 손님입니다. 나를 완전히 믿어주었으면 해요. 걱정하지 말고 천천히 쉬도록 하세요. 나는 당신을 억지로 이곳에 붙잡아두지 않거니와 내쫓으려고도 하지 않아요. 내가 꼭 그런 말을 해줘야 하나요? 나라는 사람을 그처럼 나쁘게 생각하고 있나요?"

"천만에요. 그런 말씀을 할 필요 없습니다. 그뿐만 아니라 그런 말씀은 하시면 안 됩니다. 저는 어린아이예요, 왜 저를 그렇게 어려워하십니까?"

"그렇게 나쁘게 받아들이지는 말아요. 물론 어린아이입니다. 하지만 당신은 그렇게 작지만도 않습니다. 벌써 완전히 어른과 같은 체격입니다. 만일 당신이 소녀였다면 이처럼 어려움 없이 나와 한방에 틀어박혀 있지는 못할 것입니다."

"그런 것은 우리가 걱정할 필요가 없습니다. 제가 하고 싶었던 이야기는 단지 이런 것입니다. 제가 당신을 잘 알고 있다는 것은 저를 별로 안심시키지 못합니다. 다만 거짓말을 해야 할 수고가 없어질 뿐입니다. 그런데 당신은 여러 가지 겉치레 인사말을 하십니다. 그런 짓은 그만두세요. 부탁입니다. 그만두세요. 더욱이 저는 당신을 어디에서나, 또 이런 어둠 속에서까지 알고 있다는 것은 아닙니다. 당신이 등불을 켜는 편이 훨씬 낫겠군요. 아니, 차라리 이대로가 좋겠어요. 하지만 당신이 저를 협박하고 있다는 사실을 저도 차차 깨닫고 있습니다."

"뭐라고, 내가 당신을 협박했다고? 그만둬요. 나는 당신이 끝내 이곳에 와준 것을 이렇게 기뻐하고 있지 않습니까. '끝내'라고 말한 것은 이미 너무 늦었기 때문입니다. 당신이 왜 이렇게 늦게 와주었는지 나로서는 알 수 없군요. 물론 나는 너무 기쁜 나머지, 어쩌면 이것저것 뒤죽박죽으로 지껄여 버렸는지도 모르겠습니다. 그것을 당신 쪽에서는 협박으로 받아들였는지도 모릅니다. 내가 그런 식으로 이야기한 것은 거듭 인정합니다. 그뿐만 아니라 당신이 원하는 일을 내 쪽에서 먼저 완전하게 말해서 협박하는 꼴이 되었는지도 모릅니다―하지만 제발 부탁이니 언쟁은 그만 둡시다―. 그런데 어째서 당신이 그런 것을 믿게 되었을까요? 무엇 때문에 내 기분을 이처럼 상하게 하는 일을 생각해냈습니까? 왜 당신은 이곳에 있는 짧은 시간 동안 한껏 흥을 깨뜨리려고만 합니까? 어떤 낯선 사람일지라도 당신보다는 그래도 친절할 것입니다."

"그야 그렇겠죠. 그런 것은 새삼스러운 사실도 아닙니다. 낯선 사람이라면 당신에게 영합할 수도 있겠지만, 저는 그런 짓을 할 수 없을 정도로 처음부터 당신 곁에 있었습니다. 그것은 당신도 알고 계시지 않습니까? 그런데 왜

상심하십니까? 희극을 연출하겠다는 말씀인가요, 그렇다면 저는 당장 나가겠습니다."

"그래요? 당신은 그 정도로까지 말합니까? 당신은 좀 지나치게 대담합니다. 게다가 결국 당신은 내 방 안에 있어요. 당신은 미친 사람처럼 손가락을 벽에다 문지르고 있어요. 내 방이고 내 벽입니다. 그리고 당신 말은 뻔뻔스러울 정도로 우습군요. 당신 말로는 당신이 태어날 때부터 나와 이런 식으로 이야기하지 않을 수 없었다는 것이로군요. 정말인가요, 당신의 천성 때문에 부득이하다는 말이? 훌륭한 천성이로군. 당신의 천성은 또 내 것이기도 하니까, 내가 천성적으로 당신에게 친절하게 군다면 당신도 그대로 따라 할 수밖에 없을 텐데요."

"이것이 친절입니까?"

"내가 말하는 것은 이전의 일입니다."

"제가 후에 어떻게 될지 당신은 알고 계십니까?"

"나는 아무것도 몰라요."

이렇게 해서 나는 침실용 책상이 있는 곳으로 가서, 그 위에 있는 초에 불을 켰다. 그 무렵 내 방에는 가스등도 전등도 없었다. 나는 잠시 동안 책상 앞에 앉아 있었으나, 마침내 그것도 싫증이 나서 외투를 걸치고 안락의자에서 모자를 집어 들고는 촛불을 불어 껐다. 나는 나가려다 안락의자의 다리에 걸렸다.

계단에서 같은 층에 세 들고 있는 사람을 만났다.

"벌써 또 나가십니까, 마치 룸펜 같군요."

그는 다리를 두 계단 사이에서 벌리고 멈추어 선 채 물어왔다.

"하지만 어떻게 해야 좋을지 모르겠군요" 하고 나는 말했다. "나는 방금 방에서 유령을 만났거든요."

"당신이 그렇게 불쾌한 것을 보니, 수프 속에 머리카락이라도 빠져 있었던 것 같군요."

"농담을 하시는군요. 하지만 유령은 역시 유령이니까요."

"그건 그렇습니다. 그러나 유령 따위를 전혀 믿지 않으면 되지 않습니까?"

"그렇죠. 내가 유령을 믿는다고 생각하십니까? 하지만 믿지 않는다고 해서 무슨 소용이 있겠습니까?"

"지극히 간단합니다. 정말로 유령이 나타나도 무서워하지 않으면 되는 겁니다."

"그래요. 그러나 그것은 이차적인 공포일 뿐입니다. 본래의 공포는 유령이 나타나는 원인에 대한 공포입니다. 그리고 그 공포는 떠나지 않아요. 지금 내 안은 공포심으로 가득합니다."

나는 안절부절못하면서 내 주머니를 모조리 뒤지기 시작했다.

"그러나 유령 그 자체가 무섭지 않다면 그 원인을 침착하게 생각할 수도 있지 않습니까!"

"보기에 당신은 아직 유령과 이야기를 한 적이 없으시군요. 유령이란 놈은 결코 확실한 것이 붙잡히지 않습니다. 언제나 이것도 아니고 저것도 아니랍니다. 그 유령들은 그들의 존재에 대하여 우리들 이상으로 의혹을 갖고 있답니다. 특히 그것은 그들의 무상함을 생각해보면 무리도 아니지만 말입니다."

"그러나 내가 들은 바로는 유령도 사육할 수가 있다는군요."

"잘 아시는군요. 할 수 있습니다. 그러나 과연 누가 그런 짓을 하겠습니까?"

"하고말고요. 이를테면 그것이 여자 유령이라면 말입니

다" 하고 말하곤 훌쩍 위 계단으로 몸을 날려 가버렸다.

"아아, 그렇군" 하고 나는 말했다. "그렇지만 역시 자신이 떠맡을 수는 없어."

나는 깊이 생각했다. 그 사람은 이미 높이 올라가 버렸기 때문에, 나를 보려면 계단 위의 둥근 천장이 있는 곳에서 머리를 내밀고 내려다보지 않으면 안 되었다.

"그러나 그래도" 하고 나는 소리쳤다.

"그 위에서 유령을 내쫓아준다고 해도 이제 우리 사이는 끝장이에요, 영원히."

"아니 모두 농담이었어요."

그는 이렇게 말하고 내민 머리를 원위치로 가져 갔다.

"그렇다면 좋아요" 하고 나는 말했다. 그리고 비로소 안정이 되어 산책을 할 수 있을 것 같은 기분이 되었다. 그러나 나는 참으로 외로운 느낌이 들었기 때문에 차라리 올라가서 잠자리에 들었다.

시골 의사
Ein Landarzt

새 변호사

　우리들의 모임에 새 변호사가 가입했다. 부체파루스(알렉산더 대왕의 애마 이름) 박사이다. 그러나 그의 외모에는 마케도니아 알렉산더 대왕의 군마였던 시절을 회상케 하는 특징은 거의 없다. 물론 사정에 정통한 사람이라면 두세 가지 특징은 알아차릴 수 있을 것이다. 그런데 나는 최근 현관 앞 큰 계단에서, 법원의 매우 무식한 한 사환이 경마 신참의 단골손님인 전문가의 안목으로, 이 변호사가 두 다리를 높이 쳐들고 대리석에 달그락달그락 발자국 소리를 울리며 계단을 밟고 올라오는 모습을 경탄하며 바라보고 있었다.

　대체적으로 변호사 협회 회원들은 부체파루스의 입회에 호의를 보였다. 그 사람들은 놀라운 통찰력을 가지고 서로 이렇게들 이야기했다. 즉 부체파루스는 오늘날과 같은 사회 질서 속에서 곤란한 위치에 놓여 있다. 그 같은 이유와 또 그의 세계사적인 의의로 보더라도 어쨌든 그는 환영받을 가치가 있다는 것이다.

　오늘날에는 위대한 알렉산더 대왕과 같은 인물은 존재하지 않는다— 그것은 아무도 부정할 수 없을 것이다. 실제로 사람 죽이는 방법을 알고 있는 사람은 적지 않다. 또 향연의 식탁 너머로 친구에게 창을 던지는 일에 실패하지도 않는다. 그리고 많은 사람들이 마케도니아가 좁다며 아버지 필립 2세를 저주한다— 그러나 아무도, 그 누구도 인도에 이르는 길은 열지 못한다. 이미 그 당시에도 인도의 관문은 도달하기 어려운 것이었다. 그러나 대왕의 검이 그 문을 가리켰던 것이다.

오늘날에 와서 그러한 문은 완전히 다른 방향으로 좀 더 멀고 높은 장소로 옮겨가 버린 것이다. 아무도 그 방향을 가리키지 않는다. 검을 가지고 있는 사람은 많다. 그러나 무턱대고 그것을 휘두를 뿐이다. 그 검을 따르려고 하는 눈은 오히려 혼란만을 일으킨다.

그렇기 때문에 아마도 부체파루스와 같이 육법전서에 머리를 처박는 것이 사실 가장 좋은 방법이 될 것이다. 속박당하지 않고 양 옆구리를 기수의 다리 가랑이로 조임당하는 일도 없이, 알렉산더가 싸웠던 전쟁터의 아비규환에서 벗어나, 조용한 램프의 불빛 아래에서 부체파루스는 우리들의 낡은 법전류의 책장을 넘기며 그것을 읽고 있는 것이다.

시골 의사

나는 어찌할 바를 모르고 있었다. 무슨 일이 있어도 곧 출발해야만 한다. 중환자가 10마일이나 떨어진 어느 마을에서 나를 기다리고 있는데 세찬 눈보라가 나와 그 사이의 넓은 공간을 가로막고 있었다. 나는 마차를 갖고 있다. 그것은 가볍고 바퀴가 크며, 이 근처의 길을 가기에 안성맞춤이다. 나는 털외투로 몸을 감싸고 진찰 가방을 손에 들고 출발할 준비를 갖추고 앞뜰에 나와 있었다. 그런데 마차를 끌고 갈 말이 없었다. 내게 있던 말은 뼛속까지 얼어붙게 만드는 이 추운 겨울에 너무 부려먹어서 어젯밤에 죽어버렸다. 그래서 하녀 아이가 말을 빌리기 위하여 온 마을을 뛰어다녔지만 나는 그것이 헛수고라는 것을 알고 있다.

눈은 점점 더 깊게 쌓이고, 나는 점점 움직일 수가 없게 되어서 아무런 기대도 없이 서 있을 뿐이다. 대문에 하녀가 나타났다. 역시 그녀 혼자뿐이었고 등불을 이리저리 흔들고 있다. 당연한 일이다. 누가 이처럼 눈보라가 치는 밤에 멀리 길을 떠나려는 사람에게 말을 빌려주겠는가? 나는 다시 한 번 뜰을 거닐었다. 이제는 취할 방도가 선혀 없다. 나는 희망도 없이 초조한 기분으로 수년 전부터 비어 있는 돼지우리의 쓰러져 가는 문짝을 구둣발로 찼다. 문이 열리고 바람 때문에 문고리가 덜커덩거리기 시작했다.

그때 다름 아닌 말의 온기와 체취 비슷한 것이 코를 찔렀다. 우리 안에는 희미하게 비치는 마구간용 등불 하나가 밧줄에 매달려 흔들리고 있었다. 그때 한 사나이가 나지막한 칸막이 안에 웅크리고 앉아 있다가 커다랗고 푸른 눈을 반짝이며 얼굴을 드러냈다.

"마차에 안장을 올려놓을까요?"

사나이는 네 발로 기어나오면서 물었다.

나는 대꾸할 수가 없었다. 다만 우리 안에 달리 또 무엇이 있는가 하고 몸을 굽히고 들여다보았다. 하녀 아이는 나와 나란히 서 있다가 "우리 집에 좋은 것이 있었는데도 전혀 모르고 있었군요" 하고 말했다. 우리 두 사람은 소리 내어 웃었다.

"이러, 이놈, 이러!" 하고 마부가 소리를 질렀다. 그러자 힘차고 옆구리가 튼튼하게 생긴 두 마리의 말이 차례차례 비좁은 문으로 빠져나왔다. 두 다리를 완전히 구부려 몸에 붙이고, 보기 좋게 생긴 머리를 낙타처럼 푹 숙이고는 오직 동체의 요동만을 이용하여 비좁은 문을 빠져 나온 것이다. 그러나 밖으로 나오자마자 말들은 벌떡 일어섰다. 다리를 쭉 뻗고 선 몸통에서는 무럭무럭 김이 오르고 있었다.

"저 사람을 도와주어라" 하고 내가 말하자, 하녀는 곧 종종걸음으로 달려가서 마차에 매는 가죽 마구를 마부의 손에 넘겨주려고 했다. 그러나 하녀가 다가가자마자 마부는 그녀를 껴안고 그녀의 얼굴에 자기의 얼굴을 격렬하게 비벼댔다. 하녀는 비명을 지르며 내게로 도망쳐 왔다. 두 줄의 이빨 자국이 빨갛게 그녀의 뺨에 새겨져 있었다.

"짐승 같은 놈" 하고 나는 화가 나서 소리쳤다. "채찍을 맞고 싶은가?" 그러나 나는 그 순간 이 사나이가 나의 고용인이 아니라는 것을 깨달았다. 그가 어디에서 온 사나이인지도 나는 모른다. 더욱이 다른 사람들은 모두 내게 도움주기를 거부하고 있는데, 그는 자발적으로 나를 도와주고 있는 것이다.

나의 속셈을 알아차렸는지, 사나이는 나의 위협을 불쾌하게 받아들이지 않았고 말을 마차에 매는 일손을 멈추지 않았다. 단지 이쪽을 힐끗 돌아볼 뿐이었다. 그가 "타십시오" 하고 말했는데, 실제로 준비는 다 되어 있었다.

이제까지 이렇게 훌륭하게 갖추어진 마차를 타본 적이 없었으므로 나는 기꺼이 올라탔다. "그런데 마차는 내가 몰겠네. 자네는 길을 모르니까" 하고 내가 말했다. "물론입죠. 저는 따라가지 않겠습니다. 저는 로자 옆에 남겠습니다" 하고 그가 대답하자, "싫어요" 하고 로자가 외치며, 피할 수 없는 자신의 운명을 정확히 예감하고는 집 안으로 도망쳤다. 문을 닫고 빗장을 지르는 소리, 자물쇠가 찰칵하고 채워지는 소리가 들려왔다. 게다가 그녀는 현관에서부터 방을 살살이 돌아다니면서 불이란 불은 모조리 꺼 버리고 자기를 찾지 못하도록 했다.

"함께 가지" 하고 나는 마부에게 말했다. "안 그러면 떠나는 것을 중지하겠네. 물론 가지 않을 수 없는 왕진이지만. 자네가 비록 마차 준비는 해주었지만, 그 대가로 저 아이를 희생시킨다는 것은 생각도 할 수 없는 일이야."

그러자 마부는 "이러, 힘을 내랏!" 하고 외치면서 손뼉을 쳤다. 그 순간 마차는 목재가 홍수에 휩쓸려 가듯이 갑자기 움직이기 시작했다. 내 집 출입문이 마부의 돌진으로 비걱거리며 부서지는 소리가 들렸다고 생각한 순간, 이미 내 귀와 눈은 소리인지 빛인지 분간할 수도 없는 질주감으로 충만해 있었다. 그러나 그것도 순간이었다. 나는 벌써 뜰에 서 있었고 그 뜰 안의 문이 열리자마자 이미 환자의 문 앞에 와 있었기 때문이다. 말들은 조용히 서 있고 눈보라는 어느덧 그쳐 사방에 달빛이 고요했다. 환자의 부모가 집안에서 바삐 달려나왔고, 환자의 누이동생까지도 따라 나왔다.

나는 마차에서 안기다시피 부축을 받으며 내려왔는데, 당황한 그들의 이야기가 무슨 말인지 전혀 알아들을 수 없었다. 환자의 방으로 들어서자 그곳은 호흡을 하기가 거의 어려울 지경이었다. 화로에서 연기가 내뿜어지고 있었던 것이다. 창문을 열어야만 하겠으나 나는 우선 환자를 보고 싶었다. 환자는 바싹 여윈 데다가 열은 별로 없어서 몸은 차지도 뜨겁지도 않았다. 청년은 눈은 흐리멍덩하고 내의도 입지 않은 알몸으로 깃털 이불 속에서 몸을 일으켜 내 목덜미에 매달리며 속삭였다.

"선생님, 저를 죽게 내버려두세요."

나는 주위를 둘러보았다. 그 말은 아무에게도 들리지 않았다. 양친은 아무 말 없이 몸을 앞으로 구부리고, 내 진단을 기다리고 있었다. 누이동생은 내 진찰 도구가 든 가방을 올려놓기 위해 의자를 하나 가져왔다. 나는 가방을 열고 의료 기구를 찾았다. 청년은 계속 침대 밖으로 손을 내밀고, 조금 전의 애원을 내게 상기시키려고 했다. 나는 핀셋을 집어 들고 그것을 촛불에 확인한 다음 다시 내려놓았다. "그렇다" 하고 나는 신성 모독적인 생각을 하며 중얼거렸다. "이런 때에는 하느님이 도와주신다. 말이 없으니까 말을 보내주시고 그것도 급하다고 두 마리나 보내주셨다. 거기에다 필요하지도 않은 마부까지 딸려 보내주시다니!"

그때에야 비로소 로자의 일이 생각났다. 어떻게 하면 좋은가? 어떻게 해야 그 아이를 구할 수가 있을까? 어떻게 그 마부의 손에서 그녀를 다시 빼낼 수가 있을까? 그녀는 내게서 10마일이나 떨어져 있고, 게다가 내 마차 앞에는 다루기 어려운 말들이 있다. 그런데 이놈의 말들이 가죽 끈을 어떻게 해놓았는지 느슨하게 풀려 있다. 또 어떻게 된 노릇인지 알 수 없지만, 두 마리의 말은 가족들이 깜짝 놀라 소리치는 데도 창문을 밖에서 안으로 열고 각각 다른 창문으로 머리를 들이밀고 태연하게 환자를 지켜보고 있다. 나는 말에게서 출발 재촉이라도 받은 것처럼 속으로 '곧 돌아가야겠어' 하고 중얼거렸다.

그러면서도 환자의 누이동생이 내 모피 외투를 벗기는 것을 마다하지 않았다. 그녀는 내가 더워서 얼이 빠진 것이라고 생각하였던 것이다. 노인이 한 잔의 럼주를 마시라고 내놓으며 내 어깨를 두드렸다. 비장의 술을 제공하는 것으로써 친숙한 태도를 보이려는 것이다. 나는 머리를 저었다. 노인의 얕고 편협한 생각에 기분이 상하고 만 것이다. 나는 오로지 이런 이유에서 마시는 것을 사양했다.

환자의 어머니는 침대 옆에 서서 오라고 손짓했다. 나는 그 권유를 받아들이고 한 마리의 말이 천장을 향해 크게 울부짖는 소리를 들으면서 청년의 가슴에다 내 머리를 갖다 댔다. 나의 젖은 수염이 몸에 닿았기 때문에 청년은 몸을 떨었다. 내가 짐작했던 것이 확인되었다. 청년은 건강했던 것이다. 단지 혈색이 약간 나쁠 뿐인데, 그것은 열심히 간호하고 있는 어머니가 준 커피에 흠뻑 젖어 버렸기 때문이다. 그는 건강한 몸이며, 한 대 치면 힘들이지 않고 침대에서 내쫓을 수가 있었다. 나는 사회 개혁가가 아니기 때문에, 그를 그대로 내버려 두었다.

나는 지방 관청으로부터 임명받은 공의로서 변두리에 이르기까지 정말 너무할 정도로 나의 의무를 충실히 수행하고 있는 것이다. 봉급은 얼마 되지 않지만 인색하지 않았으며, 가난한 사람들에게는 원조를 아끼지 않았다. 이제는 로자를 위해서 마음을 써야 한다. 그러고 보면 죽고 싶다는 청년의 말은 타당한 것인지도 모른다. 나도 죽고 싶다. 이 지방에서, 이 끝이 없는 겨울에 나는 무엇을 하면 좋다는 말인가! 내 말은 추위 때문에 죽어 버렸고, 이 마을에는 내게 말을 빌려주려고 하는 사람이 하나도 없다. 나는 돼지우리를 뒤져야만 했다. 만일 우연히 거기에서 말을 발견하지 못했더라면, 나는 암퇘지로 하여금 마차를 끌게 해서 달려오지 않으면 안 되었을 것이다. 이것이 현실이다.

그쯤에서 나는 그 집 사람들에게 고개를 끄떡여 돌아갈 인사를 했다. 그들은 그와 같은 것은 전혀 모른다. 또 안다고 할지라도 믿지 않았을 것이다. 처방전을 쓰는 일은 쉽다. 그러나 그 밖의 점에 대해 이 사람에게 이해시킨다는 것은 어려운 일이다. 그러니 여기에서 나의 진찰은 끝났다고 하면 되는 것이다. 또다시 내게 헛수고를 시킨 것이다. 나는 이런 일에 만성이 되었다. 나의 야간용 벨을 이용하여 온 마을이 나를 괴롭히고 있는데, 이번에는 로자까지 희생시키지 않으면 안 되었던 것이다. 몇 년 동안을 내게 거의 무시당하면서도 나를 위해 일을 하고, 나의 집에서 살아온 이 아름다운 처녀를 방치해두지 않으면 안 되었다. 이 희생은 너무도 큰 것이다. 그래서 내가 이 가족들을 두들겨주지 않기 위해서는, 억지로라도 일을 선의로 해석하여 마음을 달래야만 했다. 그들이 아무리 그럴 마음이 있어도 내게 로자를 되돌려줄 수는 없는 것이다.

그런데 내가 진찰 가방을 닫고 털외투를 입으려 하자, 가족들이 모여 섰다. 아버지는 손에 든 럼주의 향내를 맡고 있었으며 어머니는 내게 실망한 모양으로 —이 사람들은 도대체 무엇을 기대하고 있다는 말인가?— 눈물을 글썽이며 입술을 깨물었고, 누이동생은 짙은 선짓빛 손수건을 흔들었다. 나는 이러한 상황에서 특별한 이유도 없이 청년은 역시 아픈지도 모른다는 것을 형편에 따라서 시인해도 좋을 기분이 되었다. 나는 그에게로 다가갔다. 그는 내게 미소를 지어 보였다. 마치 내게서 무슨 자양분이 풍부한 만병통치용 수프라도 얻을 수 있다는 듯이. 아아, 그때 두 마리의 말이 함께 울부짖었다. 그 요란스러운 울음소리는 하늘의 배려로서 다분히 나의 진찰을 용이하게 하기 위한 것이리라.

나는 드디어 발견했다. 실제로 청년은 아픈 것이다. 그의 허리 근처 오른쪽 옆구리에 손바닥만 한 상처가 있었다. 그것은 장밋빛으로 갖가지 농담을 나타내고 있었다. 밑바닥은 어둡고 가장자리에 가까워질수록 밝다. 곡식알처럼 부드러운 입자들이 있고, 핏덩어리가 도톨도톨하게 맺혀 있으며, 노천에서 캐내는 탄갱장炭坑場처럼 입을 벌리고 있다. 멀리 떨어져서 보면 그런 상태였고, 가까이 들여다보면 상태가 더욱 심각했다. 어느 누구도 나직이 놀라움의 휘파람을 불지 않고서는 그것을 바라볼 수가 없으리라. 굵기나 길이가 내 새끼손가락만큼이나 되는 벌레들은 그 자체가 장밋빛인 데다가 피가 묻어 있고, 상처의 안쪽에 달라붙어서는 하얀 머리를 쳐들고 수많은 작은 다리를 움직여 밝은 곳으로 나오려고 꿈틀거리고 있었다.

불쌍한 젊은이여, 너는 이미 살아날 가망이 없는 몸이로다. 나는 너의 커다란 상처를 발견했다. 너의 옆구리에 있는 이 꽃으로 해서 너는 죽어가고 있다. 내가 일에 착수한 것을 보고 가족들의 얼굴에는 희색이 떠올랐다. 누이동생은 그것을 어머니에게 말하고, 어머니는 아버지에게, 아버지는 몇 사람의 손님들에게 말했다. 손님들은 달빛을 받으며 발돋움을 하고 양팔을 벌려 균형을 잡으면서 열어젖혀 놓은 문으로 들어오고 있다.

청년은 "저를 살려주시겠습니까?" 하고 말한 후 그의 상처 속에서 살아 움직이는 생명 때문에 기겁을 하고 울음을 터뜨렸다. 이 지방 사람들은 모두가 이렇다. 불가능한 일을 언제나 의사에게 요구한다. 그들은 옛날의 믿음을 잃어버렸다. 목사는 자기 집에 틀어박혀서 제복이나 쥐어뜯고 있을 뿐인데, 의사는 모든 것을 그 외과의적인 섬세한 손 하나로 해내지 않으면 안 된다. 그래, 원하는 대로. 내가 스스로 자청한 것은 아니다. 당신들이 나를 성스러운 목적을 위해서 쓰고 있는 것이며, 나는 그것을 감수하고 있는 것이다. 하녀를 약탈당한 늙은 시골의사에게 어떻게 그 이상의 더 나은 일을 할 마음이 생기겠는가! 그들이 온다. 가족들과 마을의 장로들이 다가와서 내 옷을 벗겼다. 교사를 선두로 한 학교 합창단이 집 앞에 서서 더없이 간단한 멜로디로 다음과 같은 노래를 부르고 있다.

 그자의 옷을 벗겨라, 그래야 치료를 시작한다.
 그래도 그가 낫지 않으면, 그를 죽여라!
 그것이 의사란다, 그것이 의사란다.

나는 옷을 벗은 다음, 손가락으로 수염을 만지며 머리를 숙이고 그들이 하는 짓을 가만히 보고 있었다. 나는 더없이 침착했으며, 모든 일을 곰곰이 생각했다. 그리고 나에게는 아무런 도움이 되지 않는데도 역시 그대로 머물러 있었다. 이윽고 그들이 내 머리와 다리를 붙잡고 나를 병자의 침대로 밀어넣어 버렸다. 나는 상처 바로 옆에 바람막이로서 눕혀졌다. 그리고 모두들 방을 나갔다. 문은 닫혔고 합창도 그쳤다. 구름이 달을 가렸다. 침구는 나를 따뜻하게 감싸고 있다. 말의 머리가 창구멍에서 흔들리고 있는 것이 환영처럼 보였다.

나는 내 귀를 향해 "알겠소?" 하고 소곤대는 목소리를 들었다. "나는 당신을 별로 신뢰하지 않소. 당신은 당신 발로 온 것이 아니라 그 어느 곳에선가 내던져졌을 뿐이오. 게다가 사람을 살릴 생각은 하지 않고, 나의 죽음의 침대를 비좁게만 만들고 있소. 차라리 당신의 눈을 후벼파 버리고 싶은 심정이오."

"지당한 말이네" 하고 나는 말했다. "참으로 부끄러운 일이야. 그러나 나는 의사라네. 내가 어떻게 해야 좋다는 말인가? 나도 편치가 않다는 것을 알아주게나."

"그러한 구실로 나에게 참으라는 말씀인가요. 아아, 다분히 참지 않을 수 없겠지요. 언제나 나는 참지 않으면 안 되었습니다. 나는 징그러운 상처를 지닌 채 이 세상에 태어났지요. 그것이 내 모습의 전부였답니다."

"여보게, 젊은 친구!" 하고 나는 말했다. "자네가 잘못 생각하고 있는 거야. 자네에게는 전체를 보는 눈이 없어. 나는 이미 여기저기에서 많은 환자들을 보고 다녔기 때문에 단언하네만, 자네의 상처는 그렇게 악성은 아니야. 예리한 각도에서 도끼로 두 번 찍혀 생긴 상처일세. 많은 사람들이 숲속에서 옆구리를 드러낸 채로 있으면서도 도끼소리에는 거의 신경을 쓰지 않거든. 하물며 그것이 가까이 다가와도 모른다네."

"정말로 그렇습니까, 아니면 당신은 열에 들떠 있는 나를 속이려는 것입니까?"

"정말로 그렇다네. 공의의 명예를 걸고 하는 말이니 믿어주게나."

그러자 그는 그 말을 받아들이고 입을 다물었다. 그런데 이제는 나의 탈출을 궁리해야 할 때가 왔다. 말들은 아직도 충실하게 그 자리에 있었다. 나는 옷가지, 외투, 가방을 한꺼번에 움켜쥐었다. 옷을 입느라 꾸물거리며 시간을 끌고 싶지 않았다. 말들은 이곳으로 올 때와 똑같이 서둘러 달릴 것이다. 나는 이것으로 이미 이 침대에서 내 침대로 뛰어든 것이나 다름없다. 말 한 마리가 얌전하게 창가에서 물러났다. 나는 옷 뭉치를 마차 안으로 던졌다. 털외투는 너무 멀리 날아가서 겨우 소맷자락만이 못인지 무엇인지에 걸렸다. 이제 됐다. 나는 말에 뛰어올랐다. 가죽 끈이 느슨하게 묶여 있어서 말과 말이 서로 잘 매어져 있는지 어떤지 모르겠다. 마차가 덜거덕거리며 뒤에 달라붙어 있고, 털외투가 마차의 끝에 달린 채 눈 위로 질질 끌려가고 있다. "이랴! 달려라!" 하고 나는 외쳤다. 그런데 말은 달리는 것이 아니라 마치 노인의 발걸음처럼 느리게 눈 덮인 벌판을 횡단했다. 우리들의 등뒤에서는 언제까지나 어린아이들이 부르는 새로우면서도 잘못된 노랫소리가 들려왔다.

기뻐하라, 환자들아!
의사가 그대들을 침대에 눕혔도다!

이렇게 나는 아무리 시간이 지나도 집에 돌아가지 못한다. 문전성시를 이루었던 환자의 내방도 끊겨 버렸다. 후임자가 내게서 그것을 훔쳐가 버린 것이다. 그러나 모두 소용없는 노릇이다. 그는 나의 대행자가 되지 못하니까. 내 집에서는 그 구역질 나는 마부가 위세를 부리고 있고,

로자는 그의 제물이 되어 버렸다. 나는 이 자초지종을 완전하게 생각할 능력이 없다. 발가벗은 채로 비참하기 그지없는 이 시대의 혹한 속에서 현세의 마차를 타고 초현세의 말들에게 이끌려서 늙은 나는 끝도 없이 돌고 또 돌고 있는 것이다. 내 털외투는 마차 뒤에 매달려 있다. 그런데 나는 그것에 손이 미치지 않는다. 환자들 중에는 몸을 움직일 수 있는 자도 있지만, 어느 누구도 손가락 하나 까딱하려고 하지 않는다. 속임을 당한 것이다! 속은 것이다! 한 번 잘못 울린 저녁 종소리에 따르다니— 다시는 돌이킬 수 없는 것이다.

서커스의 관중석에서

 이런 일이 있다고 상상해보자. 폐병을 앓고 있는 듯한 연약한 서커스단의 처녀 곡마사는 비틀거리는 말을 타고 지칠 줄 모르는 관중 앞에서, 채찍을 휘두르는 냉혹한 단장 때문에 몇 날 몇 달을 두고 쉴 새 없이 원을 빙빙 돌아야만 한다. 그 여인은 말 위에서 바람을 가르고 키스를 던지면서 허리로 박자를 맞추고 있다. 그리고 이 연기는 오케스트라와 장내 통풍 장치의 끊임없는 포효 속에서 점점 크게 입을 벌리는 잿빛 미래로 이어진다.

 그러는 동안 연기에 대해 보내지는 박수는 때로는 약하고 때로는 다시 높아져서, 이 연기에 가해지는 증기 해머의 구실을 한다— 만일 이상과 같은 일이 생긴다고 한다면, 반드시 일반석의 관중 속에서 한 청년이 일어나 여러 등급의 관람석을 지나는 긴 계단을 달려 내려와서는 무대 위로 올라가 연기에 맞추어 계속 울려 대는 오케스트라는 상관하지 않고, '중지하라!'고 소리칠 것이다.

 그러나 사실은 그렇지가 않다. 흰색과 빨간색 차림의 아름다운 여성이, 제복을 입은 당당한 모습의 남자들이 그녀를 위하여 열어주는 장막 사이로 경쾌하게 춤을 추며 들어온다. 단장은 눈으로 정중하게 그녀를 맞이하며 동물 같은 동작으로 그녀를 향해 숨을 몰아쉰다. 그는 마치 눈에 넣어도 아프지 않을 것 같은 사랑스러운 손녀를 위험한 여행길에 혼자 떠나보내는 것처럼이나 조심스럽게 그녀를 흰 바탕에 얼룩이 있는 말 위에 태운다. 그런데 아직 채찍으로 신호를 보낼 결심이 서지 않는다.

마침내 결심을 하고 채찍을 휘둘러 신호를 한다. 그리고 입을 벌린 채 말을 따라 성큼성큼 걸어가며 말 위 기수의 도약을 날카로운 시선으로 좇는다. 단장은 그녀의 숙련된 기술을 잘 모르고 있는 것이다. 영어로 크게 소리 질러 경고하려고 한다. 굴렁쇠를 들고 있는 마부들에게도 소리를 질러 면밀한 주의를 기울이도록 환기시킨다. 성공률이 천에 하나라는 공중제비를 시작하기 전에, 그는 오케스트라를 향해 두 손을 높이 쳐들어 음악을 멈출 것을 간청한다. 그리고 마침내 몸을 떨고 있는 말에서 소녀를 안아 내려 그녀의 양쪽 볼에 입을 맞추며, 아무리 열렬한 관중들의 갈채에도 만족하지 않는다.

한편 소녀는 그에게 의지하여 높이 발돋움을 하고 서서, 먼지가 이는 속에서 팔을 크게 벌리고 머리를 뒤로 젖히며 자신에게 주어진 행복을 서커스단 전체와 함께 나누려고 한다— 실제 상황은 이렇기 때문에, 일반석의 그 청년은 얼굴을 가슴에 파묻고, 괴로운 꿈이라도 꾸는 양 끝맺음의 행진곡에 몸을 적시면서 자신도 모르는 사이에 울고 있는 것이다.

낡은 페이지

 조국의 방위에 대하여 우리는 등한시한 점이 많았던 모양이다. 우리는 지금까지 그런 일에 대하여 신경을 쓰지 않았고, 단지 우리들의 업무에만 전념하고 있었을 따름이다. 그런데 최근의 사건은 우리들에게 걱정을 안겨주었다.

 나는 황제의 궁성 앞 광장에 구두 공장을 갖고 있다. 내가 어느 날 새벽에 점포 문을 열자마자 눈에 띈 것은, 이 광장에 이르는 모든 거리의 입구가 손에 총을 든 사람들에 의해서 점령되어 있다는 것이었다. 그러나 그들은 우리 나라의 병사가 아니라, 분명히 북방에서 온 유목 민족이었다. 그들은 나로서는 알 수 없는 방법으로 이 수도에까지 침입해 온 것이다. 수도는 국경에서 매우 멀리 떨어져 있는데, 어쨌든 그들은 지금 침입해 온 것이다. 아무래도 아침마다 그 수효가 점점 불어나고 있는 것 같았다.

 그들은 천성에 따라 푸른 하늘 밑을 잠자리로 삼았다. 그들은 집이라는 것을 싫어하는 것이다. 그들은 칼의 날을 세우는 일, 화살촉을 뾰족하게 하는 일, 그리고 승마 기술을 단련시키는 일에 종사했다. 그 조용하고 항상 지나칠 정도로 깨끗함이 유지되던 광장이 진짜 마구간이 되어 버린 것이다. 우리는 때때로 가게 밖으로 나가서, 최소한 가장 지독한 오물만은 치우려고 했다. 그러나 그런 일도 점점 드물어졌다. 왜냐하면 애를 써서 그런 일을 해도 아무

소용이 없고, 더군다나 그것은 우리 자신을 거칠게 달려오는 말발굽에 휩쓸리거나 채찍에 맞아 다칠 위험 속으로 몰아넣는 것이기 때문이었다.

유목민들과는 이야기를 나눌 수도 없다. 그들은 우리 말을 모른다.

아니, 그들 자신의 언어마저도 갖고 있지 않다. 그들은 서로 까마귀의 울음소리와 비슷한 소리를 내어 의사소통을 한다. 우리는 언제나 이 까마귀 울음소리를 들었다. 우리의 생활 방식이나 사회 규약 같은 것은 그들로서는 이해할 수도 없거니와 이해할 만한 가치도 없었다. 그 결과로서 그들은 그 어떤 언어 표현에 대해서도 거부감을 보였다. 설령 당신이 턱이 빠지도록 열심히 지껄이거나 양팔이 떨어지도록 열심히 손짓 발짓한다 해도 그들은 당신의 말을 이해하지 못할 것이고, 앞으로도 결코 이해하는 일은 없을 것이다. 이따금 그들은 얼굴을 찌푸린다. 그런 때에는 눈의 흰자위를 굴리면서 입으로는 거품을 뿜어낸다. 하지만 그것으로 어떤 의사 표시를 하려는 것도 아니고, 다른 사람을 놀라게 하려는 것도 아니다. 오직 그들의 거동이 그렇기 때문이다. 그들은 필요한 물건을 빼앗아 간다. 그러나 그것을 폭력 행위라고 할 수는 없다. 그들이 손을 내밀면 우리는 옆으로 몸을 돌리고, 모든 것을 그들의 뜻에 맡기는 것이다.

그들은 나의 소유물 가운데에서 상당히 많은 물품을 징발해 갔다. 그러나 나는 그것에 대하여 불평할 수가 없다. 예를 들어 푸줏간 같은 곳에서 당하는 처사를 보면 그렇다. 푸줏간에서는 사람들에게 팔 고기를 들여놓자마자 유목민들에게 완전히 털려서 그들의 배만 채워주게 된다. 그들의 말도 고기를 먹는다. 흔히 보는 광경으로, 말의 주인이 자기 말 옆에 누워서 인간과 말이 함께 같은 고깃덩어리를 양쪽 끝에서 물어뜯고 있는 모습을 볼 수 있다. 푸줏간 주인은 소심한 사람이기 때문에 단호하게 고기의 공급을 중단하지 못한다. 그러나 우리는 그의 심정을 이해할 수 있으므로 돈을 거두어 그를 지원하고 있다. 유목민들은 고기를 얻지 못하면 무슨 짓을 저지를지 모른다. 물론 날마다 고기가 그들 손에 들어가고 있는 지금도 그들이 무슨 짓을 저지를지 모르기는 마찬가지이다.

최근의 일이다. 푸줏간 주인은 최소한 도살의 수고는 덜어도 좋을 것으로 생각해서 아침에 살아 있는 황소 한 마리를 끌고 왔다. 그는 그런 짓을 두 번 다시 반복해서는 안 될 것이다. 나는 내 작업장 안쪽 마룻바닥에서 거의 한 시간 동안이나 옷, 담요, 이불 같은 것들을 남김없이 머리에 뒤집어쓰고 엎드려 있어야만 했다. 오직 사나운 소의 울음소리를 듣지 않기 위해서. 왜냐하면 유목민들이 사방팔방에서 소에게 달라붙어서는 제각기 이빨로 그 따뜻한 고기를 뜯어먹었던 것이다. 소동이 가라앉은 후 꽤 오랜 시간이 지나고 나서야 나는 겨우 밖으로 나가보았다. 술통 주위에서 만취가 되어 뒹굴고 있는 주정뱅이들처럼, 그들은 녹초가 되어 죽은 황소의 잔해 주위에 널브러져 있었다.

나는 바로 그때 왕궁의 어느 창가에서 황제의 모습을 본 듯한 기분이 들었다. 지금까지는 단 한 번도 황제가 이런 끝 방으로 온 일이 없었다. 그는 언제나 가장 깊숙한 정원에서 살고 있는 것이다. 그런데 지금 그는 —적어도 내게는 그렇게 보였다— 창가에 서서, 고개를 숙이고 자신의 궁성 앞에서 벌어지고 있는 소동을 내려다본 것이다.

"앞으로 어떻게 될 것인가?" 우리는 자문했다. "우리는 언제까지 이 부담과 고통을 견뎌야 하는가. 이 유목민들은 황제의 궁성이 있었기 때문에, 그것에 이끌려 달려왔다. 그런데 그 성은 그들을 쫓아 보낼 수가 없다. 성문은 꼭 닫혀 있고, 예전에는 항상 위풍당당하게 행진하던 위병대는 격자창 안쪽 깊숙한 곳에 틀어박혀 있다. 그리고 노동자와 상인인 우리에게 조국의 수호라는 임무가 맡겨졌다. 그러나 우리는 그러한 임무를 맡기에는 적합하지 못하다. 또 그러한 임무를 맡을 수 있다고 뽐낸 일도 없다. 이것은 오해이고, 우리는 그 오해 때문에 망해 가고 있는 것이다."

법 앞에서

 법 앞에 한 문지기가 서 있다. 한 시골 사람이 문지기를 찾아와 법 안으로 들어가게 해달라고 간청한다. 그러나 문지기는 지금은 들어가는 것을 허락할 수 없다고 대답한다. 남자는 깊이 생각해보고는 이후에는 이윽고 들어가는 것을 허락할 수 있겠느냐고 묻는다. 문지기는 "그것은 가능합니다"라고 대답한다. "그러나 지금은 안 됩니다."

 그런데 법의 문은 언제나처럼 똑같이 활짝 열려 있고, 문지기가 문 옆으로 물러났기 때문에 그 사나이는 몸을 구부리고서 그 안을 들여다보려고 한다. 문지기는 그것을 보자 큰 소리로 웃으면서 이렇게 말한다. "그렇게 안으로 들어가고 싶으면, 내가 막는 것을 상관하지 말고 안으로 들어가보도록 하시오. 그렇지만 기억해두기 바라오, 내게는 위력이 있다는 것을. 더욱이 나는 제일 말직인 문지기에 불과하오. 홀을 하나씩 들어갈 때마다 문지기가 서 있으며, 그 위력은 차츰 커집니다. 나로서는 겨우 세 번째 문지기의 모습만 보아도 무서워 견디기 어려울 지경이오."

 시골에서 온 사나이는 그런 어려움을 예기치 못했다. 그는 법이 언제 어느 때나 누구에게나 열려 있는 것으로 생각했다. 그러나 털외투를 입고 있는 문지기를 찬찬히 쳐다보면서, 그 큰 매부리코와 듬성듬성 길게 자란 타타르인 같은 턱수염을 보자, 그는 역시 입장 허가가 떨어질 때까지 기다리는 편이 좋겠다고 마음먹었다.

 문지기는 그 사나이에게 등받이 없는 의자를 주며, 문 옆에서 기다리도록 했다. 그곳에 앉은 채로 날이 가고 해가 갔다. 그 사나이는 안으로 들어가기 위하여 여러 가지 방법을 써보았고, 애원을 하여 문지기를 지치게도 해보았다. 그러면 문지기는 종종 그에게 간단한 질문을 던져, 고향에 대한 일이며 그 밖에 다른 일들에 대해 물어왔다. 그러나 그는 흔히 높은 양반들이 그러는 것처럼 적당히 몇 가지를 질문한 후, 마지막에는 어김없이 그를 아직 안으로 들여보낼 수 없다고 말하는 것이었다. 이번 여행을 위하여 여러 가지 물건들을 휴대하고 온 이 사나이는 문지기를 매수하기 위해 아무리 비싼 물건일지라도 서슴없이 내놓았다.

 문지기는 주는 대로 다 받으면서 "나는 이것을 받아두기는 하지만, 그것은 당신 자신이 할 수 있는 일을 등한히 하지 않았나 하고 걱정하지 않도록 하기 위해서요" 하고 말했다. 사나이는 여러 해 동안 그 문지기만을 바라보고 있었다. 그는 문지기가 다음 문에도 또 대기하고 있다는 것을 잊어버리고, 이 첫 번째 문지기가 법으로 들어가는 것을 방해하는 유일한 장애라고 생각했다. 그래서 이 불운한 우연을 저주했다.

 처음 몇 해 동안은 주위를 돌아보지 않고 큰소리도 쳐보았으나, 나이가 들어갈수록 혼잣말처럼 투덜거릴 뿐이었다. 그는 어린아이처럼 변해 갔다. 그리고 오랜 세월 동안 문지기를 열심히 관찰하는 사이에 그 털외투 깃에 벼룩이 기어 다니는 것을 발견하고는 그 벼룩에게까지 매달려 자신을 도와 문지기의 마음을 돌리게 해달라고 부탁했다.

 마침내 그의 시력이 약해지기 시작했다. 그는 자신의 주위가 정말로 어두워진 것인지, 아니면 눈 탓으로 그렇게 보이는 것인지를 분간하지 못했다. 그러나 지금 그 어둠 속에서 법의 문으로부터 한 줄기 광채가 찬란하게 비쳐오는 것을 확인했다. 이미 그의 삶은 얼마 남지 않았다.

죽음이 임박했을 때 그의 머릿속에는 전생의 모든 경험이 응집되어, 그가 이제까지 이 문지기에게 물어본 적이 없는 하나의 질문을 만들어 냈다. 몸이 차츰 굳어져 고개를 들 수 없자 그는 손짓을 하여 문지기를 자기 곁으로 오게 했다. 문지기는 몸을 낮게 숙이지 않을 수 없었다. 왜냐하면 그 사나이가 아주 작아져 버렸기 때문이다. "당신은 지금에 와서 또 무엇을 알고 싶소?" 하고 문지기가 물었다. "지칠 줄 모르는 사람이로군."

"모든 사람은 반드시 법을 추구합니다" 하고 사나이가 말했다. "그런데 이것은 도대체 어찌된 영문입니까? 이 오랜 세월 동안 나 이외에는 아무도 이 문으로 찾아와서 들여보내 달라고 부탁하는 사람이 없으니 말입니다……."

문지기는 그 사나이의 임종이 가까워지고 있다는 것을 알았다. 그래서 희미해져 가는 그의 귀에 들릴 수 있도록 포효하듯 외쳤다.

"다른 사람은 아무도 이 문으로 들어갈 수가 없소. 왜냐하면 이 입구는 오직 당신만을 위한 것이니까. 나는 이제 가서 이 문을 닫아걸겠소."

승냥이와 아랍인

우리들은 오아시스 주변에다 천막을 쳤다. 동행자들은 잠이 들어 있었다. 흰 옷차림의 키가 큰 아랍인 한 사람이 내 옆으로 지나갔다. 낙타들을 돌봐주고 나서 침소로 돌아가는 길이었다.

나는 풀밭 위에 벌렁 드러누웠다. 잠을 청했으나 잠이 오지 않는다. 멀리서 한 마리의 승냥이가 호소하는 듯한 소리로 짖고 있었다. 나는 다시 일어났다. 그러자 이제까지 그처럼 멀리서 들려오던 소리가 갑자기 가까워졌다. 어느 틈엔가 내 주위에서 승냥이 떼들이 웅성거리고 있었다. 그을린 황금처럼 빛을 내고 있는 윤기 없는 눈들. 부드러운 몸은 채찍질로 단련받은 것처럼 규율에 맞추어서 민첩했다.

그 중의 한 마리가 뒤쪽으로부터 다가왔다. 그놈은 나의 겨드랑이 밑으로 파고들어 몸을 바싹 들이대고는 마치 나의 체온을 구하는 것 같았다. 그러더니 앞으로 나가 나를 마주보며 거의 나의 눈에 시선을 고정시키고 지껄이기 시작했다.

"나는 이 일대의 승냥이들 중에서 제일 높은 장로입니다. 이곳에서 마침내 당신을 만나볼 수 있게 되어 기쁩니다. 사실은 이미 당신을 만날 수 있으리라는 희망을 포기하고 있었습니다만, 우리들은 참으로 오래전부터 당신을 기다리고 있었습니다. 우리 어머니가 기다리셨고 어머니의 어머니가 기다리셨으며, 그 전의 어머니들께서도 한결같이 기다리셨으니, 온 승냥이족의 대모에게까지 거슬러 올라가는 것입니다. 정말입니다."

"이해가 가지 않는 말이군" 하고 나는 장작 다발에 불을 붙이는 것도 잊은 채 말했다. 그것은 연기를 피워 승냥이들이 가까이 오지 못하도록 하려고 준비해둔 장작이었다. "내게 그런 이야기를 하다니 무슨 말인지 이해가 되지 않는군. 나는 우연히 먼 북쪽에서 왔으며, 지금은 잠시 여행하는 도중일 뿐이야. 그런데 너희들의 용무란 도대체 무엇인가, 승냥이 제군?"

그러자 너무나도 지나치게 우호적인 응대에 용기를 얻었음인지 승냥이들은 나를 에워싼 테두리를 좁혀왔다. 모두가 헐떡거리며 숨을 가쁘게 몰아쉬고 있었다. "그것은 알고 있습니다" 하고 승냥이들 가운데에서 장로가 말했다. "당신이 북쪽에서 오셨다는 사실은 알고 있습니다. 그렇기 때문에 우리가 희망을 걸고 있는 것입니다. 북쪽 나라에는 아랍인들 사이에서는 찾아볼 수 없는 오성悟性이라는 것이 있습니다. 아랍인들의 냉정한 오만에서는, 사실 오성의 불꽃 같은 것은 튀어나오지 않습니다. 그 사람들은 살아 있는 짐승을 죽여서 그것을 먹습니다. 썩은 고기라고 경멸하면서."

"목소리가 너무 크다" 하고 나는 말했다. "바로 이 옆에 아랍인들이 자고 있다."

"당신은 정말로 다른 나라 사람이로군요" 하고 승냥이가 말했다.

"그렇지 않다면, 지금까지 세계 역사상 승냥이가 아랍인을 두려워한 일은 없다는 사실을 알고 있을 것입니다.

우리가 아랍인들을 두려워한다고요? 이런 인종 속에 추방 당해 있다는 것만으로도 불행은 충분하지 않습니까?"

"과연 그렇군, 그래" 하고 나는 말했다. "나는 나와 인연이 적은 일에 대해서는 판단을 내리고 싶지 않아. 이것은 아무래도 먼 옛날로부터의 싸움인 것 같군. 결국 피에 근원이 있는 것이야. 그러니까 아마도 피를 보아야 비로소 끝장이 난다는 것이겠지."

"당신은 총명한 분이오" 하고 승냥이 장로가 말했다. 모든 승냥이들의 숨결이 빨라졌다. 조금 전부터 그대로 서 있는데도 폐의 움직임이 빨라진 것이다. 때로는 그들의 크게 벌린 입에서 이빨을 악물어야 될 정도로 코를 찌르는 냄새가 새어 나왔다. "당신은 총명한 분이오. 당신이 하는 말은 예로부터 내려오는 우리들의 가르침과 일치하고 있습니다. 즉 우리들이 그들의 피를 빼앗아야만 이 싸움은 끝이 납니다."

"오오" 하고 나는 나의 생각보다 거친 목소리로 말했다. "그쪽에서도 방어를 할 거야. 총을 가지고 쳐들어와서 너희들을 한꺼번에 쏘아 죽일 거야."

"당신은 우리가 하는 말을 오해하고 계십니다" 하고 그는 말했다. "그것은 인간들의 오해로, 먼 북쪽 나라에서도 역시 그 오해가 사라지지 않고 있군요. 우리는 그들을 죽이지는 않습니다. 그런 짓을 하면, 우리들의 몸을 깨끗이 씻어야 하므로 나일강의 물로도 부족할 것입니다. 우리들은 그들의 살아 있는 육체를 잠깐 보기만 해도 더욱 맑은 공기 속으로, 사막으로 도망을 쳐야 합니다. 그러니까 사막은 우리들의 고향입니다." 그러자 주위에 있는 승냥이 전체가 —주위에는 먼 곳으로부터 더욱 많은 승냥이들이 몰려와서 수효가 훨씬 늘어났는데— 머리를 앞다리 사이에다 처박고 발끝으로 그것을 문지르기 시작했다. 너무나도 무서운 적의였기 때문에 나는 높이 뛰어올라, 그들이 에워싼 울타리 밖으로 도망치고 싶을 정도였다.

"그렇다면 너희들은 어떻게 하겠다는 것이냐?" 하고 나는 물었다. 그리고 일어서려 했으나 일어설 수가 없었다. 두 마리의 어린 승냥이가 내 윗옷과 셔츠 뒷자락을 꽉 물고 있었기 때문이다. 나는 앉은 채로 있어야만 했다.

"당신의 옷자락을 받들고 있는 것입니다" 하고 승냥이 장로는 성실한 태도로 설명했다. "경의를 표하고 있는 것입니다."

"놓아주어야 하지 않느냐!" 하고 나는 장로를 향해 혹은 어린 승냥이들을 향해 소리를 질렀다.

"그렇게 말씀하신다면 물론" 하고 장로는 말했다. "원하시는 대로 해드리겠습니다. 그러나 그러기 위해서는 잠시 시간이 필요합니다. 왜냐하면 이 두 아이는 관례에 따라서 당신 옷을 너무 깊숙이 물었기 때문에 아주 천천히 하지 않으면 물고 있는 윗니와 아랫니를 벌릴 수가 없습니다. 그 전에 우리들의 소원을 들어주시기 바랍니다."

"너희들이 하는 짓으로 보아, 별로 그 일에 귀를 기울이고 싶은 생각이 들지 않는구나" 하고 나는 말했다.

"저희들의 졸렬한 행동에 벌을 내리지 말아주십시오" 하고 그는 말했다. 그리고 그때서야 비로소 애원조의 자연스러운 목소리를 냈다. "우리들은 불쌍한 동물입니다. 우리는 무는 것 외에는 달리 수단이 없습니다. 우리가 하려고 하는 모든 일에 대하여 —좋은 일이든 나쁜 일이든— 우리가 할 수 있는 것이라고는 오직 무는 방법밖에는 없습니다."

"그럼 너희들의 소원이란 무엇이냐" 하고, 나는 약간 마음이 풀려 물었다.

"당신은" 하고 그는 외쳤다. 그러자 모든 승냥이들이 한꺼번에 소리를 질렀다. 그것은 나에게, 멀리서부터 들려오는 하나의 멜로디처럼 생각되었다. "당신은, 당신은 세계를 두 개로 갈라놓고 있는 이 싸움을 종결시키지 않으면 안 됩니다. 당신과 똑같이 생긴 사람이 그것을 이룰 것이라고 우리의 선조께서는 그 용모를 말씀으로 전해주셨습니다. 우리는 아랍인에 의해서 방해당하고 있는 평화를 회복해야만 합니다. 숨 쉴 수 있는 공기를……. 사방에서 눈에 띄는 모든 아랍인의 모습을 없애 버려야만 합니다. 아랍인들에 의해 도살당하는 양 떼들의 비명이 더 이상 들려서는 안 됩니다. 모든 짐승들이 편안하게 그들의 목숨을 다할 수 있도록 해야만 합니다. 우리는 방해당하지 않고 그 피를 마시고, 그 뼈까지도 먹어 치워, 청결과 순수성에 도달해야만 합니다. 순수성— 오직 순수성만을 우리는 원합니다." 그때 승냥이들이 모두 하나같이 눈물을 흘리며 흐느껴 울었다. "어떻게 이 세상에서 당신이 그것을 견디어 낼 수가 있다는 말입니까? 고귀한 심장과 감미로운 내장의 소유자인 당신이여! 아랍인들의 백색은 더럽습니다. 그들의 흑색도 더럽습니다. 그들의 수염은 전율입니다. 그들의 눈초리를 보면 구역질이 납니다. 팔을 쳐들면, 그들의 겨드랑이 밑에는 지옥이 입을 벌리고 있습니다. 그러니까, 오오, 당신이여, 오오, 친애하는 당신이여! 모든 일을 이룰 수 있는 당신 손의 도움을 빌려, 모든 일을 이룰 수 있는 당신 손의 도움을 빌려 이 가위로 그들의 목을 잘라주십시오." 그리고 장로의 눈짓에 따라 한 마리의 승냥이가 다가왔다. 그 승냥이는 한쪽 송곳니에다 작고 낡고 녹슨 재봉 가위를 하나 걸고 있었다.

"저것 봐라, 마침내 그 가위다. 그것으로 끝장이다." 우리 대상隊商의 대장인 아랍인이 큰 소리로 말했다. 그는 승냥이들의 후각을 무릅쓰고 내 옆으로 몰래 다가와 있었던 것이다. 그렇게 외치자마자 그는 거대한 채찍을 휘둘렀다. 승냥이들은 갑자기 거미 새끼들처럼 사방으로 흩어졌다. 그러나 약간 멀어지자 그 자리에 밀집하여 웅크리고 앉았다. 그 많은 짐승들이 빈틈없이 뭉쳐 모여 있었기 때문에, 좁은 우리 주위에 마치 도깨비불이 반짝이고 있는 것처럼 보였다. "이것으로 당신도 이 일막을 보신 것입니다." 아랍인은 그렇게 말하면서 조심스럽게 그러나 명랑한 목소리로 웃었다.

"그렇다면 당신은 저 동물들이 무슨 짓을 시작하려 했는지 알고 있었군요" 하고 내가 물었다.

"물론입니다." 그가 말했다. "그것은 두루 아는 사실이지요. 아랍인이 존재하는 한 그 가위는 온 사막을 돌아다닐 것입니다. 그리고 이 세상이 끝날 때까지 계속 우리들과 더불어 돌아다닐 것입니다. 유럽인만 보면 그 가위를 제공하며, 저들은 그 대사업을 권유한답니다. 그 짐승들 눈에는 어느 유럽인이든 그 사명을 짊어지고 있는 인물로 보이는 것입니다. 이 짐승들은 어리석은 희망을 갖고 있지요. 바보들입니다. 정말 바보들입니다. 그래서 우리는 그들을 사랑하고 있습니다. 그놈들은 우리들의 개입니다. 당신들의 개보다 훌륭합니다. 저것 보십시오. 오늘밤에 낙타가 한 마리 죽었기 때문에 이곳으로 가져오도록 했습니다."

네 사람이 어울려 무거운 낙타를 짊어지고 와서 우리 앞에 내던졌다. 그것을 보자 승냥이들은 소리를 질러댔다. 마치 그 한 마리 한 마리가 새끼줄로 옭아매어져 저항도 하지 못하고 끌려오는 것처럼 멈칫거리면서 배를 땅에 스치듯 끌면서 다가왔다. 그들은 아랍인에 대한 것을 모두 잊고 있었다. 그 증오마저도 잊고 있었다. 강한 냄새를 풍기고 있는 사체, 모든 것을 말소시켜 버릴 정도의 그 실재가 그들의 영혼을 들뜨게 만든 것이다. 벌써 한 마리가 낙타의 목에 달라붙어서 동맥을 찾아 단번에 물어뜯었다. 마치 너무나도 큰 화재를 소화시키려고 가망도 없이 닥치는 대로 물을 뿌리고 있는 작은 펌프처럼, 승냥이의 근육 하나하나가 경련을 일으키며 부들부들 떨리고 있었다. 그리고 이미 모든 승냥이들은 그렇게 똑같이 시체에 덤벼들어 높은 산을 이루었다. 그러자 아랍인 대장은 그 날카로운 채찍을 종횡무진으로 힘차게 승냥이들의 머리 위로 휘둘렀다. 승냥이들이 머리를 쳐들었다. 반은 도취되고 반은 실심하고 있는 꼴이었다. 그들은 아랍인들이 자기들 앞에 서 있는 것을 보았다. 그리고 코끝으로 겨우 채찍을 느끼기 시작하자 뒤로 물러서며 조금 도망쳤다. 그러나 낙타의 피는 이미 그곳에 연못을 이루어 뭉게뭉게 김이 오르고 있었으며, 그 사체는 여러 군데에 크게 구멍이 생겨 있었다. 승냥이들은 그 유혹을 이겨낼 수가 없었다. 또다시 서서히 사체 가까이로 다가왔다. 그러자 대장은 다시 채찍을 쳐들었다. 나는 그의 팔을 붙잡았다.

"당연합니다, 선생" 하고 그는 말했다. "놈들의 장사를 방해하지 않도록 하겠습니다. 게다가 이제는 출발할 시간입니다. 선생께서는 놈들을 보셨습니다. 이상한 동물들이지 않습니까? 그리고 놈들이 얼마나 우리를 미워하고 있는지!"

탄갱 방문

오늘 최고의 기사 일행이 이 탄갱을 방문했다. 새로운 갱도를 만들기 위한 그 어떤 지령이 중앙의 수뇌부로부터 내려진 모양이다. 그래서 이 기사 일행은 우선 첫 측량을 하기 위해서 내려온 것이다. 이 사람들은 아주 젊다. 더군다나 이미 각자 자기 나름대로의 인품을 드러내고 있다. 그들은 자유스러운 자기 형성의 길을 거쳐온 것이다. 그래서 젊은 나이에도 불구하고 각자의 명확한 특성이 구속받음이 없이 그대로 나타나고 있었다.

검은 머리에 성격이 활발한 첫 번째 기사는 두 눈으로 여기저기를 살피고 있었다.

두 번째 기사는 기록 카드를 손에 들고 걸으면서 주위를 돌아보고 이것저것 비교하면서 기록하고 있었다.

세 번째 기사는 두 손을 윗옷의 주머니 속에 찔러 넣고, 온몸을 꼿꼿이 세운 채 수직의 자세로 걷고 있었다. 위풍당당했다. 다만 입술을 계속 깨물고 있었으므로, 거기에는 억제할 수 없는 청춘의 조급성이 나타나 있었다.

네 번째 기사는 세 번째 기사에게 원하지도 않는 여러 가지 설명을 하고 있었다. 그는 세 번째 기사보다는 체구가 작은데, 마치 유혹하는 작은 악마처럼 그와 나란히 종종걸음을 걸으며, 집게손가락을 계속 공중에 쳐들고, 눈에 띄는 모든 일에 대하여 끝없는 이야기를 상대방에게 장황하게 들려주고 있는 것 같았다.

　다섯 번째 기사는 일행 중에서 책임자로 보였는데, 다른 사람이 자기 곁으로 오는 것을 허용하지 않았다. 그는 선두에 서거나 혹은 맨 후미에 섰다. 일행은 그를 표준 삼아 걸음걸이를 조절해야만 했다. 얼굴에는 핏기가 없으며 허약해 보였다. 책임이라는 무거운 짐이 그의 눈을 움푹 들어가게 만든 것이다. 그는 이따금 조용히 생각에 잠기면서 손을 이마에 갖다 댔다.

　여섯 번째와 일곱 번째 기사는 몸을 약간 앞으로 숙여 머리를 맞대고 팔짱을 낀 채 자연스럽게 이야기를 나누고 있었다. 만일 이곳이 우리들의 탄갱과 작업장 중에서 가장 깊은 층을 이루고 있는 장소가 아니었더라면, 우리는 이 뼈가 앙상하고 수염이 없는, 주먹코를 가진 두 사람의 신사를 젊은 승려라고 생각했을 것이다. 한 사람은 언제나 고양이의 신음 소리와 비슷한 소리로 킬킬거리며 웃고 있었다. 다른 쪽 사람은 역시 미소를 지으면서 대화의 주도권을 잡고 있었으며 자유로운 손으로는 이야기에 따라 일종의 박자를 맞추고 있었다.

　이 두 신사는 그 지위에 있어서 완전히 확고한 안정감을 유지하고 있었다. 아니, 그 젊은 나이에도 불구하고 우리 탄갱에 대해서 이미 커다란 공적을 세우고 있었으니 그것은 의심할 여지가 없었다. 여하튼 그들은 이와 같은 중요한 조사에 입회하면서, 사장의 목전에서 오직 자신들의 관심사 내지는 적어도 눈앞의 용건과는 관계가 없는 일에 이처럼 노골적으로 열의를 보이는 일이 허용되는 특권을 지니고 있었으니 말이다. 아니면 이 두 사람은 저렇게 웃기도 하고 무관심한 듯 보이면서도 중요한 요점만은 정확히 파악해서 가슴속에 담고 있는지도 몰랐다. 어쨌든 이들 두 신사에 대해서는 도저히 확실한 판정을 내릴 수가 없다.

그러나 한편 다음과 같은 사실은 의심할 여지가 없다. 예를 들면 여덟 번째 기사는 이 두 사람과는, 아니 다른 여러 기사들과는 비교가 되지 않을 정도로 직접적인 행동을 취하고 있다는 것이다. 그는 모든 것을 음미하고, 모든 것을 작은 해머로 두드려보지 않으면 마음이 놓이지 않는 모양이었다. 그는 해머를 주머니에서 계속 끄집어냈다가 집어 넣었다 했다. 때로는 산뜻한 복장을 하고 있음에도 불구하고, 일부러 더러운 곳에서 무릎을 꿇고 지반을 두드려보기도 했다. 그런가 하면 그저 지나가면서 양쪽 벽면이나 천장을 두드려보았다.

한번은 그가 오랫동안 몸을 옆으로 뉜 채 꼼짝도 하지 않자 우리는 그에게 불행한 사고가 닥친 것으로 알았다. 그런데 그는 곧 그 후리후리한 몸을 벌떡 일으켰다. 결국 이것도 일종의 조사였던 것이다. 우리는 이 갱도와 그 산출물에 대해서는 잘 알고 있다고 생각했다. 그런데 이 기사가 이곳에서 왜 이런 식으로 계속 무엇을 조사하고 있는지는 알 수가 없었다.

아홉 번째 기사는 측량 기계들을 실은 수레를 밀고 다녔다. 그것은 매우 값비싼 기계로 부드러운 고급 솜에 깊이 싸여 있었다. 사실 그 수레는 일반 종업원이 밀어야 되겠지만, 남에게 맡기지 않고 기사가 직접 그 임무를 수행했던 것이다. 우리가 보기에 그 기사는 그 임무를 기꺼운 마음으로 수행하고 있었다. 그는 가장 연소자인 것 같았으며, 아직 기계를 이해하고 있는 것 같지는 않았다. 그러나 그의 시선은 계속 그 기계에서 떠나지 않았으며, 때로는 그 때문에 수레와 함께 자칫 벽에 부딪칠 뻔하기도 했다.

그 옆에는 또 한 사람의 기사가 있었는데, 그는 그 수레를 따라다니며 그런 충돌을 방지했다. 그 기사는 분명히 그 기계에 대해 근본적인 지식을 가지고 있으며, 본래의 관리자인 모양이었다. 그는 때때로 수레를 세우지 않은 채 기계의 일부를 집어 들고는 그것을 들여다보기도 하고, 나사못을 풀었다가 다시 죄기도 하고, 흔들기도 하고 두드리기도 하고, 귀에 대고 들어보기도 했다. 그리고 마침내 멀리 떨어진 곳에서는 거의 보이지도 않는 그 작은 물건을 아주 조심스럽게 수레 속에 다시 내려놓았다. 그런 때에는 대개 수레도 정지하고 있었다.

이 기사에게는 다소 권력을 남용하는 경향이 있었다. 그러나 그것은 단지 기계에 한해서의 일이다. 수레가 가까이 다가와 열 발자국 정도의 거리가 생기면 우리는 그의 손가락의 무언의 지시에 따라 옆으로 물러서야만 했다. 옆으로 비켜설 여지가 없는 좁은 장소에서도 그렇게 해야 했다.

이 두 기사의 뒤에는 맨손으로 따라다니는 수행원이 있었다. 기사들은 해박한 지식의 소유자로서 당연한 현상이지만 벌써 모든 오만성을 탈피하고 있었다. 그와 반대로 수행원 쪽에서는 오만이 몸에 밴 듯한 태도였다. 한쪽 손은 뒷짐을 지고 다른 한쪽 손으로는 수행원복의 도금한 단추와 깨끗한 옷깃을 쓰다듬으면서, 종종 좌우를 둘러보며 마치 우리들이 하는 인사에 답례라도 하는 듯이 고개를 끄덕였다. 혹은 우리 쪽에서 인사를 하기도 한 모양인데, 자기와 같이 높은 위치에서는 그것이 잘 보이지 않는다는 태도였다. 물론 우리는 그에게 인사 따위는 하지 않았다. 그러나 그러한 꼴을 보고 있자니 탄갱 본부의 사무국 소속 수행원이 된다는 것은 아주 대단한 일이라는 생각이 들 정도였다. 우리는 이 사나이가 지나가자 소리를 내어 웃었다. 그러나 설령 벼락이 떨어진다 해도 이쪽을 돌아보지 않을 것 같은 그 태도를 보자, 그는 역시 일종의 불가사의한 존재로서 우리들의 경이의 대상이 되었다.

  오늘은 더 이상 작업을 하지 않았다. 작업의 중단은 우리에게 큰 영향을 미쳤다. 이러한 방문은 모든 사람으로 하여금 일할 의욕을 잃어 버리게 한다. 시험 도갱의 어둠 속으로 사라져 가는 높은 양반들의 뒤를 바라본다는 것은 너무나 큰 유혹이다. 게다가 또 곧 우리들의 작업 교대 시간이 된다. 우리는 기사들의 귀로를 이 눈으로 지켜볼 수 없을 것이다.

이웃 마을

나의 할아버지께서는 늘 이렇게 말씀하셨다.

"인생은 놀랍도록 짧다. 지금까지 살아온 일을 돌이켜 보면 모든 것을 통틀어 단 한 줌일 뿐이다. 그러므로 이해할 수 없는 것은, 왜 젊은이가 말을 타고 이웃 마을로 떠날 생각을 하는가 하는 것이다. 도중에 만나는 재난이나 우연 없이 순탄하더라도 그런 여행을 하기에 인생은 턱없이 짧은데 말이다."

황제의 사자使者

 황제—이것이 그의 호칭이다—는 임종의 자리에서 너라는 단독자, 즉 불쌍한 신하, 황제라고 불리는 태양으로부터 멀리 도망쳐서 한쪽 구석으로 기어 들어간 조그마한 그림자인 너에게 일부러 한 가지 전갈을 보낸 것이다.
 황제는 사자를 자신의 침대 옆에 꿇어앉히고 그 귓속 깊이 은밀하게 전갈할 말을 속삭였다. 황제로서는 매우 중요한 일이었다. 그래서 사자에게 자신의 전갈 내용을 작은 목소리로 되풀이해서 외도록 시켰을 정도였다. 황제는 고개를 거듭 끄덕임으로써 사자가 되풀이하는 내용이 정확하다는 것을 승인했다. 그리고 임종의 모든 입회자들을 앞에 두고 —장해가 되는 모든 벽을 헐고, 문 밖에 높이 세워진 넓은 계단 위에 온 나라의 고관 대작들이 원을 그리고 서 있었다— 황제는 이 모든 사람들의 앞에서 사자를 파견한 것이다.
 사자는 당장 출발했다. 그는 강건하고 피로를 모르는 사나이로서, 오른손 혹은 왼손을 앞으로 내밀며 군중을 한쪽으로 비켜서게 하면서 그 사이로 빠져나갔다. 이에 응하지 않는 자가 있으면, 그는 자신의 가슴에 단 태양의 표시를 가리켜 보였다. 그래서 그는 실제로 누구보다도 편하고 빠르게 앞으로 나아갈 수가 있었다. 그러나 군중은 너무나 많았고, 그들의 주택은 끝도 없이 이어져 있었다. 만일 그의 앞에 교외의 들판이 펼쳐졌다면 그는 날아갈 듯이 달렸을 것이다.

그래서 너는 그의 주먹이 웅장한 소리를 내며 문을 두드리는 소리를 들을 수 있었을 것이다. 그러나 그런 일은 일어나지 않았고, 그는 실로 무익한 노력만 반복하는 것이다. 사자는 언제까지나 궁전 안 깊숙한 곳에 있는 이 방 저 방을 빠져나가고 있는 것이다. 그것이 끝날 때가 있으리라고는 생각할 수도 없다. 설령 그곳을 잘 빠져나갈 수 있다 할지라도 그것은 별 도움이 되지 않을 것이다. 이번에는 계단을 차례차례 열심히 뛰어 내려가지 않으면 안 되었던 것이다. 그리고 그것이 잘 되었다 할지라도 아무런 도움이 되지 못할 것이다. 또 다음에는 넓은 뜰을 가로질러 가야만 되니까. 그리고 그 넓은 뜰이 끝나면 그 외곽을 이루고 있는 두 번째 궁전이 나타나고, 그곳에는 또 무수한 계단이 있으며, 또 넓은 뜰이 있다. 그리고 또 외곽의 궁전. 이렇게 해서 몇 천 년이 지나도 끝이 나지 않는다.

그리고 사자가 마침내 제일 바깥쪽 문에 당도하여 밖으로 뛰어나가 봤자 ―그러나 절대로, 절대로 그런 때가 올 리가 만무하다― 그는 겨우 수도의 시가지를 마주보게 될 뿐이다. 그것은 세계의 중앙에 위치하고 있으며, 세계의 침전물로 높여져 있다. 그 누구도 이곳을 건널 수가 없다. 하물며 죽은 사람의 전갈을 지니고서는 더욱 그러하다. 그러나 너는 석양 무렵이 되면, 창가에 앉아서 마음속으로 그 전갈을 그리워하며 기다릴 것이다.

가장의 걱정

 어떤 사람은 '오드라덱(Odradek)'이 슬라브어에서 나온 말이라고 주장하며, 이것을 근거로 이 말의 유래를 설명하려고 한다. 또 다른 사람들은, 그것은 독일어에서 온 것이며 단지 슬라브어의 영향을 받았을 뿐이라고 말한다. 그러나 두 가지 설 모두 모호하고 정확하지 못한 추측일 뿐이다. 특히 어느 한쪽 설을 채택한다 해도 그 말의 뜻은 전혀 찾아낼 수 없기 때문에 더욱 그렇다.

 물론 일반적으로는 아무도 이런 연구에 관여하지 않겠지만 일부러 그런 연구를 하는 사람이 있는 것은 오드라덱이라고 불리우는 물건이 현실적으로 존재하고 있기 때문이다. 언뜻 보면, 그것은 납작한 별 모양의 실패처럼 보인다. 그리고 실제로 거기에는 실이 감겨져 있다. 실이라고 해봐야 가지각색의 품질과 색깔을 지닌, 낡은 토막토막의 연사가 연결되어 엉켜 있는 것에 불과하지만. 그러나 그것은 또한 단순한 실패는 아니었다. 별 모양으로 된 것의 중앙에는 작은 막대기 하나가 튀어나와 있다. 그리고 이 막대기에는 그것과 직각으로 또 하나의 막대기가 붙어 있다. 이 나중의 막대기와 별 모양의 방사광선을 두 다리로 해서 이 물건 전체가 똑바로 설 수가 있다.

 이 도구는 예전에는 그 어떤 용도에 맞는 형태였는데, 지금은 망그러져서 이런 꼴이 되었다고 누구나 쉽게 생각할 수 있다. 그런데 아무래도 그렇지가 않은 모양이다. 그 추측을 사실로 증명할 만한 흔적이 없다. 어느 곳을 찾아보아도, 무엇이 붙어 있었던 부분이라든가 꺾였던 부분이 보이지 않는다. 그 물건 전체가 뜻 없는 외관을 하고 있지만, 그러나 그것은 독립성을 지니고 있다. 게다가 이보다 더 자세한 설명은 할 수가 없다. 왜냐하면 오드라덱은 매우 잘 움직여 붙잡을 수 없는 물건이기 때문이다.

오드라덱은 다락방이나 계단, 복도, 현관 같은 곳을 번갈아 거처로 삼고 있다. 때로는 수개월 동안 모습을 보이지 않는 일도 있다. 그것은 다른 집으로 옮겨가 있기 때문인 모양이다. 하지만 반드시 우리집으로 되돌아온다. 때로는 우리가 방 밖으로 나갔다가 마침 그가 계단 입구의 난간 같은 곳에 기대어 있는 것을 보면, 우리는 그에게 문득 무슨 말인가 걸어보고 싶어진다. 우리는 물론 그에게 어려운 질문을 하지는 않는다. 왜냐하면 그는 너무나 작기 때문에 그를 어린아이처럼 취급하기 때문이다.

"너는, 이름이 뭐니?" 하고 우리가 묻는다.

"오드라덱이에요" 하고 그는 대답한다.

"어디에 묵고 있지?"

"일정한 거처가 없어요."

그는 그렇게 말하고 웃는다. 그러나 그 웃음이야말로 허파가 없는 사람의 웃음소리 같다. 마치 낙엽 더미가 바스락거리는 소리와 같다. 대화는 대개 이런 식으로 끝이 난다. 그러나 이 정도의 대답도 언제나 들을 수 있는 것은 아니다. 그는 때때로 나무토막처럼 언제까지나 입을 다물고 있다. 그는 목제인 모양이다.

'그는 장차 어떻게 될까' 하고 나는 생각해보지만, 아무런 해답도 얻을 수가 없다. 그는 죽을 것인가. 죽는다는 것은, 모두가 살아 있는 동안에 일종의 목적을 갖고 일종의 활동을 하기 때문에, 그로 인해 몸이 닳아서 죽는 법이다. 그러므로 이것은 오드라덱에게는 적용되지 않는다.

그렇다면 언제인가 내 자식들이나 손자들의 발길에 채여 실이 풀리면서 계단에서 굴러 떨어지게 될 것인가. 그가 어떤 사람에게도 해를 끼치지 않는다는 것은 분명하다. 그러나 내가 죽은 후에도 그가 계속 살아남을 것을 생각하면, 나는 참으로 고통스럽다.

열한 명의 아들

나에게는 열한 명의 아들이 있다.

장남은 외모가 매우 볼품없으나 성실하고 영리하다. 그럼에도 불구하고 나는 그를 별로 높이 평가하지는 않는다. 내 아들로서 다른 모든 자식들과 똑같이 사랑하고는 있지만, 내가 보기에 그의 사고방식은 지나치게 단순한 것 같다. 그는 오른쪽도 왼쪽도 돌아보지 않거니와 또 멀리 보지도 않는다. 좁은 사고의 범위 안에서 계속 그 둘레를 맴돌고 있거나 혹은 그보다 차라리 망아지처럼 빙글빙글 돌고 있는 것이다.

차남은 잘생기고 훤칠하며 체격이 아주 좋다. 펜싱 자세를 취하고 있는 그를 보면 황홀할 지경이다. 그는 물론 영리하다. 게다가 세정世情에도 밝다. 그는 견문이 넓기 때문에 그와는 고향 마을의 자연까지도 고향을 떠나 본 일이 없는 사람들보다 더욱 친근하게 이야기를 나눌 수 있다. 그렇지만 그의 장점은 단순히 여행의 덕만은 아니며, 결코 그렇게 말할 수도 없다. 그것은 차라리 모방할 수 없는 그의 독자적인 특성이다. 이를테면 그는 여러 가지 형태로 공중 선회를 하며 수중으로 다이빙을 하는데, 그것은 강력한 자기 제어를 수반한 것으로 아무도 흉내 낼 수 없는 것이다. 다른 사람들도 스프링보드의 끝까지 갈 정도의 용기나 의욕이 없는 것은 아니나, 일단 그곳까지 가면 뛰어내리는 대신 갑자기 주저앉아 버리고 변명 삼아 두 손을 쳐드는 것이다. 그럼에도 불구하고 ―본래 나는 이런 자식을 두었다는 것만으로도 지상의 행복을 누려야 할 것이다― 그와 나의 관계는 원만하기만 한 것은 아니다. 그의 왼쪽 눈은 오른쪽 눈보다 약간 작고 자주 깜박거렸다. 물론 그것은 사소한 결점에 지나지 않으며, 오히려 그 때문에 그의 얼굴은 한층 남자답고 대담해 보이기까지 했다. 그리고 근접하기 어려운 그의 독자적인 성품을 보면, 그 누구도 조금 깜박거리는 눈에 신경을 쓰거나 나쁘게 보지는 않을 것이다. 그런데 아버지인 나는 신경이 쓰인다. 물론 나를 슬프게 하는 것은 이 육체적인 결함이 아니다. 그것은 어딘지 모르게 그다운 약간의 정신적인 불균형, 그의 혈관을 돌고 있는 그 어떤 독성, 내 눈에만 보이는 그의 인생의 구도를 완전하게 완성시킬 수 없는 능력의 결여다. 그러나 이 점이야말로 그를 진짜 내 아들답게 만든다. 왜냐하면 이러한 결점은 동시에 우리 온 가족의 결점이기도 하지만 유독 이 아이에게만 선명하게 드러나 있기 때문이다.

셋째 아들도 역시 아름답다. 그러나 그것은 내 마음에 드는 아름다움은 아니다. 가수의 아름다움이다. 그는 두터운 입술, 꿈꾸는 듯한 눈, 효과를 높이기 위해 주름 장식의 막을 필요로 하는 머리, 균형이 잡히지 않고 불룩한 가슴, 급히 올라갔나 싶으면 너무나도 빨리 축 처져 버리는 두 손, 몸을 지탱할 힘이 없어서 점잔을 빼고 있는 두 다리를 가지고 있다. 게다가 그의 음성이 괜찮은 것도 아니다. 그것은 순간적으로 사람을 속여, 전문가의 귀를 기울이게 한다. 그러나 곧 숨이 끊어져 버리는 것이다.

일반적으로 말해 이 아이는 모든 점에서 세상에 구경거리로 내놓기에 적합하다. 그러나 나는 그를 아무래도 표면에 드러내 놓고 싶지가 않다. 나는 숨겨두기를 좋아한다. 그 자신도 감히 주제넘는 짓은 하지 않는다. 그러나 그것은 자신의 결점을 알고 있어서가 아니라 오직 숫기가 없기 때문이다. 게다가 그는 또 자신을 이 시대의 이방인이라고 느끼고 있다. 그는 마치 우리 가족의 일원이기는 하지만, 영원히 소멸해 버린 또 다른 가족이 있었던 것처럼 우울한 얼굴을 하고 있을 때가 허다하고, 아무것도 그를 명랑하게 만들 수가 없다.

나의 넷째 아들은 형제 중에서 아마도 가장 뛰어난 사교가일 것이다. 그는 이 시대의 진정한 자식이며, 모든 사람에게 이해받는 존재이다. 모든 세상 사람들과 공통된 지반 위에 서 있고, 누구나 그에게 고개를 끄덕이고 싶어한다. 이렇게 사람들로부터 인정을 받고 있음으로 해서 그의 인품에는 어딘지 가벼운 점이 있고 처신에는 무례한 점이 있으며, 판단에는 우둔한 점이 있다. 그가 한 몇 가지 말은 다른 사람들도 곧잘 인용한다. 하지만 그것은 단지 몇 가지에 불과할 뿐이다. 결국 일반적으로는 그 또한 자신이 지나치게 경솔한 데 대하여 괴로워하고 있다. 멋지게 뛰어나가 제비처럼 허공을 날지만 최후에는 먼지투성이가 되어 쓸쓸하게 죽어 버리는 인간. 그가 바로 이와 유사하다. 끝내는 아무것도 아닌 무와 같은 것, 이러한 점이 이 아이를 볼 때마다 나의 기분을 언짢게 만드는 것이다.

다섯째 아들은 선량하고 사랑스러운 아이다. 약속은 많이 하지만 지키는 일은 적다. 이렇다 할 특성이 없기 때문에 그와 함께 있어도 둘이 함께 있다는 기분이 들지 않을 정도다. 그런데 그는 사회에서는 다소 기반을 잡았다. 어떻게 해서 그렇게 되었느냐고 물으면 대답하기가 어려울 것이다. 아마도 순진하다는 점이 이 세계를 지배하는 여러

원소의 난무함을 가장 손쉽게 돌파해 나가도록 하는 모양이다. 그는 바로 그런 순진한 존재다. 너무나 순진해서 누구에게나 친절하게 대하는, 다분히 지나치게 친절한 존재다. 나는 솔직히 고백하지만, 다른 사람이 그에 대하여 지나치게 칭찬하면 별로 기분이 좋지 않다. 어느 면으로 보나 이 아이처럼 충분히 칭찬할 만한 사람을 칭찬한다는 것은 칭찬이라는 것을 너무 쉽게 다루는 행위라고 말하지 않을 수 없다.

여섯째 아들은, 적어도 언뜻 보기에는 형제들 중에서 가장 명상가이며 침울하면서도 또한 수다스럽다. 그래서 매우 다루기가 힘들다. 다른 사람에게 지기라도 하면, 그는 빠져나오기 힘든 깊은 비애의 수렁에 빠진다. 그런데 승운이 그에게 돌아오면 말로써 그것을 유지하려 한다. 그러나 그에게는 일종의 망아적인 열정이 있다는 것을 부정할 수가 없다. 그는 대낮에도 종종 마치 꿈나라에 있는 듯 사색에 열중한다. 아프지도 않은데 ─오히려 그는 건강 상태가 매우 양호하다─ 비틀거리면서 걸어 다닌다. 특히 석양 무렵에 그런 일이 많은데, 그러나 그는 다른 사람의 도움을 필요로 하지도 않으며 넘어지지도 않는다. 이런 현상에는 다분히 그의 육체적 발육 상태가 크게 도움이 되어 견디는 힘이 생기는 것이리라. 그는 나이에 비해 지나치게 키가 크다. 그것이 전체적으로 그를 보기 흉하게 만들고 있다. 하나하나의 부분, 이를테면 손이나 발 같은 것은 볼수록 아름답지만, 피부나 골격은 어딘지 모르게 위축되어 있다.

일곱째 아들은 다분히 다른 아이들과 다르게 나만의 것이다. 세상은 그의 가치를 인정할 줄 모른다. 그의 특수한 지혜를 이해하지 못하는 것이다. 그러나 나는 그를 과대평가하지는 않는다. 그가 모자란 아이라는 것은 나도 알고 있다. 세상이 그의 가치를 올바르게 보지 못한다는 결점 이외에 아무런 결점도 갖고 있지 않다면, 이 세상은 역시 완전무결하다고 말해야 될 것이다.

나는 집에서 이 아이의 얼굴을 보지 않고는 견디지 못한다. 그는 불안의 씨이기도 하지만 또 내게 전승에 대한 외경을 갖게 한다. 그는 이 두 가지를 적어도 나의 감정에 있어서는 의심할 여지 없는 하나의 완전한 일체로 접합시켜 주고 있다. 이 완전한 일체를 그 자신은 어떻게 이용할지 그 방법을 모른다. 그에게는 미래의 수레바퀴를 시동시키는 일이 불가능하다. 그러나 지금 말한 그의 소질은 큰 용기와 희망을 주는 것이다. 그가 자식을 가져주었으면 좋겠다. 그리고 그 자식이 또 자식을 가져주었으면 하는 것이 나의 소원이다. 유감스럽게도 이 소원은 이루어질 것 같지 않다. 나로서는 잘 알 수 있지만, 그는 바람직하지 못한 자기 만족의 감정—그것은 분명 그에 대한 주위의 비판과 완전히 대립되는 것이다—을 품고 오직 홀로 방황한다. 처녀들에게는 관심조차 두지 않는다. 결코 그 좋은 기분을 잃으려고 하지 않을 것이다.

여덟째 아들은 나의 고통의 씨다. 그러나 솔직히 말해, 그 까닭이 무엇인지 말로 할 수가 없다. 그는 나를 서먹서먹한 눈으로 쳐다본다. 그러나 나는 아비로서 나 자신이 그와 밀접하게 맺어져 있음을 느끼는 것이다. 시간의 힘은 아주 좋은 역할을 해주었다. 하지만 이전에는 그의 생각만 해도 전율이 나를 엄습하던 때가 종종 있었다. 그는 지금 그 자신의 길을 걸어가며, 나와의 관계를 모조리 끊어버렸다. 그의 단단한 두개골, 자그마하나마 운동가적인 체구—어린아이였을 때 다리만은 약했지만, 그것도 지금은 완전히 튼튼해졌을 것이다—를 움직여서 좋아하는 곳을 쏘다니고 있을 것이다. 나는 그를 몇 번씩이나 다시 불러들여서 그가 사실 어떤 상황에 있는지, 왜 아비에게서 그렇게 떠나갔는지, 그가 정말 원하는 것이 무엇인지를 묻고 싶었다. 그러나 그는 지금 너무 멀리 떨어져 있으며 또 너무나도 많은 세월이 흘러가버렸다. 그러니까 이제는 그가 하고 싶은 대로 내버려두는 것이 좋을 것이다. 풍문에 따르면, 그는 내 자식들 중에서 유일하게 얼굴 전체에 수염을 기르고 있는 모양이다. 체구가 작은 그에게 그것은 물론 어울리지 않는 일이다.

아홉째 아들은 매우 우아하고 여자같이 생긴 귀여운 눈을 가지고 있다. 너무나도 귀엽기 때문에 때로는 나도 유혹을 당할 지경이다. 하지만 나는, 젖은 해면 한 조각만 있으면 이 신성한 눈의 광채를 흔적도 없이 씻어버릴 수 있다는 것을 알고 있다. 그런데 이 아이의 특징은 유혹 같은 것에는 전혀 관심도 없다는 것이다. 평생 긴 의자 위에 누워서 방의 천장으로 시선을 굴릴 수 있거나, 좀 더 솔직히 말한다면 눈꺼풀 아래 눈을 쉬게 할 수만 있다면 만족하는 사나이다. 그가 좋아하는 이러한 상태에 있기만 하면, 그는 잘 지껄이고 말의 내용도 훌륭하며 간결하고 분명하다. 그러나 그것은 단지 좁은 한계 내에서의 일이다. 그 한계를 넘으면 —원래 좁기 때문에 아무래도 곧 넘게 되겠지만— 그의 이야기는 완전히 공허해진다. 그럴 수만 있으면 누구나 눈짓이나 손짓으로 그의 그 변설을 중지시키고 싶어질 것이다. 그것은 물론 그의 졸린 듯한 눈이 그 눈짓, 손짓을 눈치채리라고 기대했을 때의 일이지만.

열 번째 아들은 불성실한 성격을 지닌 것으로 여겨진다. 나는 그런 결함을 완전히 부정하려고도 또 완전히 긍정하려고도 하지 않는다. 나이에 맞지 않게 점잔을 빼는 태도,

윗옷 단추는 항상 단정하게 채워져 있고, 모자는 낡기는 했지만 항상 지나칠 정도로 깨끗하게 손질되어 있다. 얼굴 표정은 냉정하고, 눈꺼풀은 활 모양으로 묵직하게 눈을 덮고 있으며, 이따금 손가락 두 개를 입 언저리로 가져 간다— 이런 모습을 보면 누구나 이 아이는 엉뚱한 위선자라고 생각한다. 그러나 그가 이야기하는 것을 들어보는 것이 좋다.

그는 이해력이 뛰어나고, 신경은 상통하면서 간결하게 정리되어 있으며, 짓궂고 활발한 어조로 상대방의 질문을 막히게 한다. 그는 세계 전체와 기꺼이 일치하고 있다. 그것은 놀라울 정도이나, 그에게 있어서는 자명한 일치인 것이다. 그것은 그의 목을 꼿꼿이 세우게 하고, 필연적으로 그의 신체를 아름답게 만들고 있다. 자신은 바보가 아니라고 생각하는 많은 사람들이 그러한 이유에서 그의 외모나 태도를 보면 불쾌해 견딜 수 없어 하지만, 그런 상대들을 그는 말로써 강력하게 끌어당겨 버리는 것이다. 그런데 또 한편으로 그의 외모나 태도는 신경쓰지 않지만, 그의 이야기에서 위선을 엿볼 수 있다고 말하는 사람들이 있다. 나는 아비로서 이것에 대해 어떠한 단정도 내리고 싶지 않다. 그러나 비관자로서 후자 쪽이 전자보다 어떻든 주목할 가치가 있다는 것은 고백하지 않을 수 없다.

열한 번째 아들은 섬세하다. 내 자식들 중에서 제일 약한 아이일 것이다. 그런데 그 약한 것은, 바로 다른 사람을 속이는 약질이다. 즉 그는 때로는 힘차고 단호한 존재가 될 수 있는 것이다. 그 경우에도 역시 약하다는 것이 그의 주요한 특징이라고 말할 수 있다. 그러나 그것은 수치스러운 약질이 아니다. 오직 우리의 이 지표상에서만 약하게 보이는 것이다. 이를테면 하늘 높이 날고 싶다는 기분도 약한 것이 아닐까? 왜냐하면 그것은 흔들림이고 불확정이며, 화를 치고 싶은 것이므로. 내 아들은 그런 종류의 성향을 지니고 있다. 물론 그런 특성은 나를 기쁘게 하진 않는다. 그것은 결국 가족을 파멸시키는 결과를 가져올 것이다. 때로 그는 나를 지켜보며 이렇게 말하고 싶어한다.
"저는 아버지를 모시고 가겠습니다."
그때 나는 생각한다.
'너는 내가 의지할 수 있는 최후의 자식이 될 것이다.'
그러자 그의 눈은 또 이렇게 말하고 싶어한다.
"그럼 저는 적어도 그 최후의 자식이 되고 싶습니다."
이상이 나의 열한 명의 아들이다.

형제 살인

 살인은 다음과 같은 방법으로 행해진 것이 틀림없다.

 살인범인 슈마르는, 달이 밝게 비치는 밤 9시경에 이 거리의 모퉁이에 와서 잠복을 했다. 그곳은 피해자인 베제가 그의 사무실이 있는 거리에서 그의 집이 있는 거리로 접어드는 곳이었다.

 날은 춥고, 누구나 몸을 떨게 하는 밤바람이 불고 있었다. 그러나 슈마르는 파란색의 얇은 옷만을 걸치고 있을 뿐이었다. 게다가 윗옷 단추까지 풀어 놓고 있었다. 그는 추위를 느끼지 않았다. 계속 움직이고 있었던 것이다. 그의 흉기는 반은 총검이고 반은 칼과 같이 생긴 것이었는데, 그는 그것을 뽑아 들어 꼭 쥐고 있었다. 칼날이 달빛에 비쳐 번쩍 빛나는 것이 보였다. 슈마르는 그래도 아직 만족하지 않고 포도의 벽돌을 힘껏 내려쳤기 때문에 칼날에서 불꽃이 튀었다. 아마도 그는 곧 후회가 되는 모양이었다. 그는 칼날의 이가 빠진 것을 세우기 위해 자신의 장화 바닥에 칼날을 대고 활로 바이올린을 켜듯이 갈기 시작했다. 그동안에도 그는 허리를 구부린 채로 한쪽 발로 서서, 장화 바닥에 문지르고 있는 칼날의 소리와 운명적인 옆골목에서 나는 소리에 동시에 귀를 기울이고 있었다.

 근처 삼층 집 창문에서는 자유로운 생활인인 팔라스가 내려다보고 있었다. 그는 왜 그 모든 것을 잠자코 보고만 있었을까? 인성의 바닥은 알 수가 없는 것이다. 그는 옷깃을 높이 세우고 뚱뚱한 몸에 잠옷을 걸친 채, 고개를 흔들면서 아래를 내려다보고 있었다.

그곳에서 다섯 채쯤 떨어진 건너편 집 창문에서는 베제 부인이 잠옷 위에다 여우 모피를 걸치고, 평소와 달리 귀가가 늦는 남편을 기다리고 있었다.

마침내 베제의 사무실 출입문 벨이 울렸다. 출입문 벨소리치고는 너무나 컸다. 그 소리는 시가지를 지나 하늘로 퍼져 올라갔다. 마침내 근면한 야간 작업자 베제가 밖으로 걸어 나왔다. 이쪽 골목에서는 그가 보이지 않았고, 다만 사무실로부터 울려오는 벨소리로 그것을 짐작할 수 있을 뿐이다. 이윽고 포도 위로 그 조용한 발자국 소리가 뚜렷하게 울려왔다.

팔라스는 몸을 앞으로 더 숙였다. 무엇 하나라도 잘못 보아서는 안 되었다. 베제 부인은 벨소리가 들리자 안심하고 소리를 내어 창문을 닫았다. 슈마르는 무릎을 꿇고 이마와 두 손을 포도의 벽돌 위에 갖다 댔다. 지금으로서는 달리 맨살이 없었기 때문에. 모든 것이 얼어붙어 있는데도 슈마르만은 불타고 있었다.

바로 골목길이 갈라지는 지점에서 베제는 멈추어 섰다. 그러고는 구부러지는 골목 쪽으로 지팡이만 내밀었다. 그가 멈춘 것은 단순한 착각이었다. 밤하늘의 감청색과 황금빛이 그를 유혹한 것이다. 그는 하늘의 빛깔을 쳐다보았다. 그는 아무것도 모르는 채 모자를 들고 자신의 머리카락을 쓰다듬었다. 바로 눈앞에 닥쳐온 미래를 알리기 위해 그 높은 하늘에서는 아무것도 움직여주지 않았다. 모든 것은 무의미하고 구명할 수 없는 자리에 그대로 머물러 있었다. 베제가 다시 걷기 시작한 것은 극히 당연한 일이었다.

그러나 그것은 슈마르의 칼날 앞으로 행진해 간 것이나 다름없었다.

"베제!"

슈마르는 발돋움을 하고 서서, 팔을 높이 쳐들고는 날카로운 칼끝을 밑으로 겨누며 외쳤다.

"베제! 율리아가 기다리고 있어도 소용없다!"

그리고 슈마르는 그의 목 오른쪽, 왼쪽, 그 다음에는 복부 깊숙이 칼을 찔러 넣었다. 물쥐를 칼로 벤다면 베제가 지르는 소리와 비슷한 소리를 낼 것이다. 슈마르는 "해치웠다" 하고 말하면서 귀찮은 물건이 되어 버린 피투성이의 칼을 가까이에 있는 집 현관 앞에다 내던져 버렸다.

"살인의 법열이다! 다른 사람의 피가 흐르는 데서 느낄 수 있는 안도와 솟아오르는 기쁨! 베제, 늙은 밤새, 내 친구이자 술 친구인 너의 피는 시커먼 길거리의 흙 속으로 스며들어 없어지고 있다. 네가 단지 피가 가득 담긴 부대였다면 좋았을 것을, 그렇다면 그저 짓밟기만 해도 완전히 사라져 버렸을 텐데. 모든 것이 성취되는 것은 아니다. 꽃들의 꿈도 모두 열매 맺지는 못한다. 너의 무거운 껍질은 이곳에 누워 있다. 누가 가까이 오려고 해도 이제는 이미 늦었다. 너는 거기에 그렇게 누워 무언의 질문을 던지고 있는데, 그것이 무슨 소용이 있다는 말이냐?"

팔라스는 온몸이 격분으로 뒤흔들려 현관문을 양옆으로 열어젖히고는 그곳에 버티고 섰다.

"슈마르, 슈마르! 난 모든 것을 보았다. 모든 것을 빠뜨리지 않고 보았다."

팔라스와 슈마르는 서로를 탐색했다. 팔라스는 만족했다. 슈마르의 행위는 결국 어떤 목적도 이루지 못했다.

베제 부인은 그녀의 양쪽으로 몰려드는 군중과 함께 달

려왔다. 그녀의 얼굴은 경악으로 인해 완전히 늙어 보였다. 그녀는 베제 위에 쓰러졌다. 모피 외투의 앞자락이 벌어진 채 잠옷만 걸친 그 육체는 남편에게 속하고 부부의 육체 위에 무덤의 잔디처럼 덮여 있는 모피 외투는 주위의 군중에게 속해 있었다.

슈마르는 이를 악물면서 마지막까지 구토증을 참으며, 입을 경찰관의 어깨에 대고 누르고 있었다. 경찰관은 빠른 걸음으로 그를 연행해 갔다.

꿈

요제프 K는 꿈을 꾸었다.

쾌청한 날이었다. K는 산책을 나가려고 생각했다. 그런데 두어 걸음 걷자마자 그는 이미 묘지에 와 있었다. 그곳에는 아주 인공적이며 비실용적으로 꾸불꾸불한 길이 여러 갈래로 나 있었다. 그는 그 길을, 급류의 수면 위로 흔들리지 않고 둥둥 떠가듯이 미끄러져 갔다. 이내 멀리 새로 파놓은 무덤이 눈에 들어왔다. 그는 그곳에서 발걸음을 멈추려고 생각했다. 그러나 이 무덤은 일종의 유인력으로 그를 끌어당기고 있어 아무리 발걸음을 빨리 해도 만족할 수 없는 기분이 들었다. 그리고 이따금 무덤의 둥그런 모양이 보이지 않았다. 그것은 몇 개의 깃발들로 해서 시야에서 가려졌다. 깃발들은 마구 휘날리며 강력한 힘으로 서로 부딪치고 있었다. 기수의 모습은 보이지 않았다. 그러나 그 주변에는 많은 환호 소리가 가득 차 있는 듯했다.

그는 여전히 시선을 그 먼 곳에 두고 있다가 갑자기 자기 옆의 길가에, 아니 이제는 거의 자신의 뒤쪽이라고 할 수 있는 곳에 똑같은 모양의 무덤이 있는 것을 보았다.

그는 급히 수풀 속으로 뛰어들었다. 그가 뛰어들어 발밑에 쭉 뻗은 길은 평탄치가 못했으므로, 그는 비틀거리며 걷다가 바로 무덤 앞에서 무릎을 꿇고 넘어졌다. 두 사나이가 무덤의 뒤쪽에 서 있었는데 그들은 하나의 묘석을 공중에 떠받들고 있었다. K가 나타나자 그들은 묘석을 땅에다 처박았는데, 묘석은 마치 그것만으로도 견고하게 다져진 것처럼 그곳에 똑바로 섰다. 곧이어서 관목 숲속으로부터 세 번째의 사나이가 나타났다. K는 곧 그가 예술가임을 알아보았다. 그는 바지에 아무렇게나 단추를 채운 셔츠만을 걸치고 있었으며, 머리에는 베레모를 쓰고 있었다. 그의 손에는 흔히 볼 수 있는 연필이 하나 들려 있었는데, 이쪽으로 가까이 다가오면서 그는 벌써 그것으로 공중에다 데생을 하기 시작했다.

그 사나이는 이제 그 연필을 묘석의 위쪽에다 갖다 댔다. 묘석은 아주 높았으므로, 사나이는 허리를 구부릴 필요가 없었다. 그러나 그는 몸을 앞으로 내밀어야만 했다. 그것은 그와 묘석 사이에 가로놓여 있는 무덤을 밟지 않기 위해서였다. 그래서 그는 발돋움을 하고 왼쪽 손으로는 묘석의 표면을 짚고 몸을 지탱했다. 그는 아주 능숙한 솜씨로 평범한 연필을 사용하여 금문자를 새겨 넣기 시작했다. '여기 잠들다……' 하나하나의 문자가 깊이 새겨져, 완전한 금빛으로 깨끗하고 아름답게 나타났다. 거기까지 쓰고 나서 그는 K 쪽을 돌아보았다. 그 사나이에게는 거의 관심을 두지 않고 문자가 새겨지는 과정에만 지대한 관심을 쏟고 있던 K는, 오직 묘석의 표면만을 지켜보고 있었다. 그 사나이도 다시 글자를 새기기 시작했다. 그러나 계속하여 더 쓸 수가 없었다. 어떤 장해가 생긴 것이다. 그는 연필 쥔 손을 내리고 다시 K 쪽을 돌아보았다. 그때에야 K도 비로소 예술가를 바라보았다. 그리고 K는 그 사나이가 몹시 난처한 상태에 빠져 있다는 것을 알았다. 그러나 그는 난처해진 원인을 입 밖에 내지 못하고 있었다.

지금까지 활발했던 그의 태도는 완전히 사라져 버렸다.

K도 그 때문에 곤혹스러워졌다. 두 사람은 서로 난처한 눈길을 교환했다. 거기에는 무엇인가 끔찍스러운 오해가 개재되어 있는데, 아무도 그것을 제거하지 못하는 것이다. 공교롭게도 그때 묘지 예배당의 작은 종이 울리기 시작했다. 그러나 예술가가 손을 높이 쳐들어 흔들자 종소리가 멈추었다. 종은 잠시 후에 다시 울렸다. 이번에는 아주 낮게 울렸으며, 특별히 재촉하는 뜻은 없이 곧 중단되었다. 그것은 마치 종이 단순히 자신의 소리를 시험해보는 것 같았다.

K는 예술가의 태도에서 위안을 받을 수가 없었다. 눈물이 쏟아지기 시작하여 두 손에 얼굴을 파묻고 언제까지나 흐느껴 울었다. 예술가는 K가 진정하고 울음을 그치기를 기다리고 있었다. K의 울음소리가 멈추자, 예술가는 달리 방법이 없으므로 문자를 계속 새기기로 결심했다. 처음에는 작은 글자로 썼는데, 그것은 K에게 있어서 일종의 구원과 같은 것이었다. 그러나 예술가는 분명히 마음 내키지 않는 일을 간신히 해내고 있는 것 같았다. 또한 문자도 조금 전처럼 그렇게 아름답지 않았다. 특히 금박이 부족한 모양으로 빛깔이 흐려지고 글자만 자꾸 커졌지, 그 새겨진 모양은 애매했다. 그것은 'J'라는 글자였다. 글자가 거의 다 쓰여지자 예술가는 미친 듯이 흥분하여 한쪽 발을 무덤 위로 내디뎠다. 그러자 주위의 흙이 높이 튀어 올랐다. K는 이 사나이의 기분을 겨우 이해할 수 있었다. 그에게 사죄하려고 해도 이미 시간의 여유가 없었다. 사나이는 양손의 손가락을 모조리 동원하여 흙을 파기 시작했다. 흙은 아무런 저항도 없이 허물어졌다. 모든 것이 사전에 준비되어 있었던 모양이다. 흙은 오직 겉으로 보기에만 얇게 덮여 있었을 뿐이고, 덮인 흙이 걷히자 깎은 듯이 서 있는

네 벽과 함께 커다란 구멍이 입을 벌렸다. K는 등을 돌린 채 부드러운 조류에 밀려 그 구멍 속으로 함몰되어 갔다. 목덜미를 세운 그의 머리만은 아직 위를 향하고 있었지만, 이미 어떻게 할 수 없이 밑으로 깊숙이 빠져들어 갔다. 그 사이에, 지상에서는 그의 이름이 빠른 솜씨에 의해 힘찬 장식 문자로 새겨지고 있었다.

그 광경을 정신없이 바라보다가 그는 잠에서 깨어났다.

어느 학술원에의 보고

존경하는 학술원 회원 여러분!

영광스럽게도 저는 여러분으로부터 제 생애의 전반을 차지했던 원숭이 시절에 대한 보고서를 작성하여 학술원에 제출하도록 요청받았습니다.

그러나 유감스럽게도 저는 여러분의 요청을 충족시켜 드릴 수가 없습니다. 거의 5년 여에 이르는 세월이 저를 원숭이의 근성으로부터 격리시켜 놓았기 때문입니다. 이 세월을 달력 위에서 헤아린다면 짧은 시간이겠지만, 제가 지금까지 해온 것처럼 훌륭한 사람들과 여러 가지 충고, 갈채, 오케스트라의 음악 같은 것과 더불어 차례차례 총총걸음으로 계속 달린다고 하면 그것은 무한히 긴 시간입니다. 위와 같은 여러 가지 것들과 함께 했다고는 하나, 근본적으로 저는 항상 혼자였습니다. 즉 그러한 모든 것들은 —비유를 들어 말하자면— 계속 저의 울타리 바깥쪽에만 있었던 것입니다.

그것은 그렇다 치고 제가 해온 그러한 연기는, 만일 제가 완고하고 또한 제멋대로 나의 출생이나 청년 시절의 추억에 매달려 있었다면 도저히 해내지 못했을 것입니다. 일체의 아집을 버리라는 것이 제가 스스로에게 내린 지상의 명령이었습니다. 저는 자유로운 원숭이로서 이 명령에 따랐습니다. 그러나 그것으로 인해 과거의 추억은 점점 멀어져 버려 기억에서 사라지고 말았습니다. 만약 사람들이 원해서 제게 과거로의 복귀가 허용되고 하늘이 지상에다 지어 놓은 문이 활짝 개방되어 그곳을 지나가도 좋다는 허락이 내렸다고 합시다. 설사 그렇게 되더라도 문은 그와 동시에 채찍에 의해서 내몰린 저의 진화에 의해 점점 낮아지고 점점 좁아져 버렸을 것입니다.

결국 저는 점차 인간 세계에서 편안하게 잘 지내게 되었고, 이곳의 일원이라는 기분이 들기 시작했습니다. 과거의 생애로부터 저를 뒤쫓아 몰아치던 폭풍은 잠잠해졌습니다. 오늘날에 와서는 저의 발뒤꿈치를 서늘하게 해주는 통풍에 불과합니다. 그리고 그 바람이 들어오는 멀리 떨어져 있는 구멍—그것은 제가 일찍이 이곳으로 올 때에 통과한 구멍입니다만—은 매우 작아져서, 설령 제가 그 구멍까지 되돌아갈 만한 힘과 의지를 가지고 있다 할지라도 그것을 통과하여 저쪽으로 나가려면 몸에서 껍질이 벗겨지는 것을 각오하지 않으면 안 될 것입니다.

터놓고 얘기해서 —저는 이러한 일에 있어서 비유법에 크게 신경을 씁니다만— 학술원 회원 여러분, 당신들의 원후성猿猴性이 —당신들의 과거에 그러한 사실이 있었다는 전제에서 말입니다만— 현재의 당신들과 거리가 멀다는 사실이, 제게 있던 원후성이 현재의 저와 거리가 있다는 것과 비교해서 그리 옛일이라고 말할 수는 없습니다. 그러나 이 세상에서 땅 위를 걷는 자는 누구나 발뒤꿈치가 간지러운 법입니다. 그것은 왜소한 침팬지도 그렇고 위대한 아킬레스도 마찬가지입니다.

그러나 저는 극히 제한된 의미에 있어서 여러 회원님들의 질문에 대답할 수가 있을 것이며, 그것은 더욱이 저에게 큰 기쁨입니다. 제가 맨 처음에 습득한 일은 악수하는 것이었습니다. 악수는 공명정대함을 나타냅니다. 이제 저는 제 생애의 정점에 서 있는 오늘, 우선 그 최초에 했던 악수에 대하여 다시 솔직한 말을 덧붙이고 싶습니다. 제가 말씀드리는 내용은, 학술원에 대해 근본적으로 새로운 자료는 아무것도 제공하지 못할 것이고, 또 여러분이 제게 기대하고 있는 일과도 거리가 있을 것이라는 사실을 말씀드립니다.

그러나 과거에 한 마리의 원숭이였던 존재가 어떤 경로로 인간 세계에 끼어 들게 되었고, 또 그곳에 정착하게 되었는지에 대해서는 대충 말씀드릴 수가 있으리라고 생각합니다. 그렇지만 다음에 설명하는 사소한 일들은, 만일 제가 완전히 안정감을 찾지 못하고, 문명 세계의 모든 이름 있는 버라이어티 무대에서 자신의 지위를 확고부동하게 확립시키지 못했더라면 다분히 말씀드릴 수가 없었을 것입니다.

저는 아프리카의 황금 해안에서 태어났습니다. 제가 어떻게 해서 포획당했는가에 대해서는, 다른 사람의 보고에 의존하여 말씀드리겠습니다. 하겐베크 회사의 수렵 원정대—그 감독과 저는 그 이후로 이미 여러 병의 붉은 포도주를 함께 마신 사이가 되었습니다—가 황금 해안의 숲속에 잠복하고 있었습니다. 때는 마침 해질 무렵이었는데, 저는 한 떼의 동료들 사이에 끼여서 물을 마시기 위해 해안을 달려가고 있었습니다. 그때 저만이 유일하게 수렵 원정대의 탄알에 맞았습니다. 두 발이 명중된 것입니다.

탄알 하나가 볼을 스쳤습니다. 그것은 가벼운 상처였으나 털이 자라지 않게 된 커다란 빨간 흉터를 남겼고, 또한 제게 불쾌하고 전혀 당치도 않은 빨간 페터라는 이름이 붙여지게 된 동기가 되었습니다. 그것은 완전히 원숭이에게 붙이기 위해서 생각해낸 이름입니다. 얼마 전에 죽은, 다소 이름이 알려진 페터라는 곡예 원숭이와 저의 다른 점이 단지 볼에 있는 빨간 흉터라는 것을 말하기 위한 이름인 모양입니다. 여담이 되었습니다만.

두 번째의 탄알은 허리 아래쪽에 맞았는데 중상이었습니다. 제가 지금도 약간 다리를 저는 것은 그 때문이죠. 저는 최근에 신문에서 저에 대해 이러쿵저러쿵 떠들어 대는 수천 명의 천박한 사람들 중의 어느 한 사람이 쓴 논설을 읽었습니다. 그것에 의하면 저는 아직 원숭이의 천성을 완전히 극복하지 못했다는 것입니다. 그 증거로서는, 제가 손님들 앞에서 바지를 즐겨 벗고 그 탄알의 상처 자리를 내보인다는 것이었습니다. 그 따위 기사를 쓰는 자는 손가락을 모두 꺾어버려야 합니다. 저는 제가 좋아하는 어떤 사람 앞에서나 바지를 벗을 수 있습니다.

사람들이 제게서 발견하는 것은, 다만 손질이 잘된 털과 상처 자국 —여기에서는 목적을 분명하게 정하기 위해 분명한 말을 선택하겠습니다. 그렇다고 해서 그 말을 오해해서는 곤란합니다만— 그 저주스러운 탄알의 상흔 이외에 아무것도 아닙니다. 모든 것은 분명하므로 아무것도 감출 것이 없습니다. 모든 진실을 솔직하게 드러낼 때에는 아무것도 숨길 것이 없습니다. 진실에 있어서는 더없이 고상한 예의범절까지도 버릴 수 있는 것입니다. 그와 반대로 그 논설의 필자가, 손님이 있을 때마다 바지를 벗었다고 하면, 이것은 또 다른 광경을 보여주는 것입니다. 따라서 저는 그가 그런 행동을 하지 않는 것을 이성적인 사고의 증거라고 인정합니다. 그러므로 그쪽에서도 동정심을 갖고, 제게 관한 일은 그대로 내버려두기를 바랍니다.

저는 두 발의 탄알을 맞은 지 훨씬 후에야 잠에서 깨어났습니다―여기서부터는 다른 사람에게서 들은 이야기가 아니라 저 자신의 뚜렷한 기억입니다―. 잠에서 깨어난 곳은 하겐베크 회사 소유 기선의 중간 갑판에 있는 우리 속이었습니다. 그것은 사방의 벽이 창살로 되어 있는 우리가 아니었습니다. 벽은 삼면에만 있고, 그것이 하나의 커다란 상자에 붙어 있었다고 하는 편이 옳습니다. 결국 그 큰 상자가 네 번째 벽에 해당되는 것입니다. 우리 안은 똑바로 서기에는 너무 낮고, 엉덩이를 붙이고 앉기에는 너무 비좁았습니다. 따라서 저는 몸을 구부려 웅크리고 앉은 자세로 양 무릎을 계속 떨고 있었습니다. 처음에 저는 더욱이 아무도 보고 싶지 않았으므로 항상 어둠 속에서 상자 쪽으로 몸을 돌리고 있었기 때문에 엉덩이 살이 창살 사이로 불거져 나오는 형편이었습니다. 야생 동물을 이런 식으로 가두는 것이 그 당시에는 적당한 방법이라고 여겨지고 있었습니다. 그리고 오늘의 제 경험에 비추어 볼 때 실제로 그것이 인간적인 입장에서는 당연한 일이었음을 부정할 수 없습니다.

그러나 그 당시에는 그렇게 생각할 수가 없었습니다. 저는 제 생애에 있어서 처음으로 출구를 잃어버렸던 것이고, 적어도 곧바로 나갈 길이 없었습니다. 바로 제 앞에 커다란 상자가 있었는데, 그것은 판자에 판자를 대고 견고하게 짠 것이었습니다. 그럼에도 판자와 판자 사이에는 한 줄기 빛이 새어 들었습니다. 저는 처음에 그것을 발견하고는 행복에 겨워 어리석게 울부짖으며 기뻐하였습니다. 그러나 그 틈새로는 꼬리도 밀어 넣기 힘겨웠습니다. 아무리 원숭이의 모든 힘을 다 쏟아보아도 그 틈새를 더 벌릴 수는 없었습니다.

후에 사람들이 제게 들려준 바에 의하면, 저는 달리 유례가 없을 정도로 그다지 울부짖지도 않고 얌전했던 모양입니다. 그 때문에 저는 오래 가지 않아 틀림없이 쓰러져 죽을 것이라고 여겨졌더랍니다. 그리고 만일 쓰러져 죽지 않고 이 최초의 위기를 무사히 넘긴다면 훈련시키기 매우 쉬운 놈이 되리라고 예측했겠죠. 저는 그 위기를 극복했습니다. 얼이 빠져 흐느껴 울고, 고통을 참아가며 벼룩을 잡고, 야자열매를 지친 듯이 핥으며, 머리를 상자 벽에 부딪치고 누군가가 가까이 오면 이빨을 드러내 보이는 것이 새로운 생에 있어서 최초의 작업이었습니다. 그러나 그런 모든 일 뒤에 숨겨진 유일한 감정은 '출구가 없다는 것'이었습니다. 물론 현재 저는 제가 그때 원숭이의 감정으로서 느꼈던 점을 인간의 말로 묘사할 수밖에 없으며 따라서 그것은 잘못 묘사될 수도 있습니다. 그러나 만일 제가 예전의 원숭이로서의 참된 심리 표현에 도달하지 못한다 할지라도, 최소한 저의 묘사 방향은 틀리지 않습니다. 그 점에 대해서는 의심할 여지가 없습니다.

누가 뭐라 해도 저는 지금까지 많은 출구를 가지고 있었는데, 지금은 하나도 없습니다. 좌초를 당한 것입니다. 그러나 설령 사람들이 저를 못박았다 할지라도 저의 자유는 줄어들지 않았을 것입니다. 그것은 왜일까요? 당신은 발가락 사이의 살덩이를 파헤쳐 본다고 해도 그 이유를 찾아내지 못할 것입니다. 당신의 엉덩이를 뒤에 있는 창살에 끝까지 밀어붙여, 당신의 몸이 두 개로 갈라질 정도로 깊이 집어 넣어보더라도 그 이유를 찾아내지 못할 것입니다. 저는 어떤 출구도 가지지 못했습니다. 그러나 저는 출구를 마련하지 않으면 안 되었습니다. 왜냐하면 출구 없이는 살아갈 수가 없었기 때문입니다. 언제까지나 상자의 판자 벽에 달라붙어 있었다면, 저는 필연적으로 쓰러져 버렸을 것입니다. 그러나 하겐베크에서 원숭이란 놈은 반드시 상자 벽에 갇히게 되어 있습니다— 그제서야 저는 원숭이이기를 그만두었습니다. 그것은 분명하고 확실한 사고 경로로서, 어떻게 된 것인지 확신할 수는 없습니다만 제 뱃속에서 생각해낸 것이 분명합니다. 원숭이들은 배로 생각하는 동물이니까요.

저는 제가 출구라고 말하는 뜻이 정확히 이해받지 못하고 있는 것이 아닌가 하는 점을 두려워합니다. 저는 이 말을 가장 일반적이고 확실한 의미로서 사용하고 있습니다. 저는 의도적으로 자유라고 말하지 않습니다. 어떤 의미에 있어서도 출구는 자유라는 이 위대한 감정을 가리키는 것이 아닙니다. 저는 원숭이로서 이 감정을 이미 느끼고 있었다는 것을 말씀드립니다. 또 그것을 동경하는 많은 인간을 알게 되었습니다. 그러나 저에 대해서 말한다면 저는 그 당시에도, 또 오늘날에도 자유를 원하고 있지는 않습니다.

이 기회에 말씀드리자면, 인간들은 자유라는 말로 자기 자신을 너무 자주 기만합니다. 그리고 자유라는 것을 가장 숭고한 감정의 하나로 여기고 있습니다만, 참다운 것이 아닌 자유도 똑같이 가장 숭고한 감정의 하나로 여기고 있습니다. 이따금 저는 곡마단에서 제가 등장하기 전 어느 한 쌍의 곡예사가 천장 높이 그네를 매달고 공중서커스를 연출하는 것을 보았습니다. 그들은 정신없이 그네를 타고 앞뒤로 흔듭니다. 앞뒤로 흔들며 그네를 타다가 도약을 합니다. 서로의 팔 안으로 뛰어듭니다. 이빨로 상대방의 머리카락을 물고 매달립니다. 저는 '이것도 역시 인간의 자유로구나' 하고 생각했습니다. '자주적인 운동이로군.' 성스러운 천성에 대한 조소여! 이 광경을 보고 원숭이들이 지르는 떠들썩한 웃음 앞에서는 아무리 견고한 건축물도 견더내지 못할 것입니다.

 그렇습니다. 저는 자유를 원하지 않았습니다. 오직 하나의 출구만을 찾았습니다. 오른쪽, 왼쪽, 어느 쪽이든 좋습니다. 그 이외의 요구는 달리 없습니다. 그 출구가 설혹 미혹의 출구라 해도 상관없습니다. 요구가 작으면, 그 미혹이라는 것도 요구 이상으로 크지는 않을 것입니다. 전진, 오직 전진이 있을 뿐입니다. 다만 양팔을 쳐든 채로 상자 벽에 꼭 붙어 있기만 해서는 도저히 안 되었습니다.

 오늘날 저는 명백하게 깨닫고 있습니다. 그때 최대한의 내적인 안정이 없었더라면, 저는 결코 탈출할 수 없었을 것입니다. 그리고 실제로 오늘날과 같은 제가 있게 된 것은, 모두가 그 배 안에서 처음 며칠이 지난 후에 되찾은 안정의 덕분이라고 생각됩니다. 그리고 그 안정감은 그 배의 승무원들 덕택이라고 말할 수 있습니다.

 그들은 여러 난점에도 불구하고 선량한 사람들이었습니다. 저는 지금도 그들의 무거운 발걸음에서 울려오는 구두 소리를 그리운 마음으로 회상합니다. 그 무렵에는 그 소리가 꿈속에까지 어렴풋이 울려오곤 했습니다. 그들은 무슨 일을 하든 아주 천천히 시작하는 습관이 있었습니다. 눈을 한 번 비비려고 하면, 손을 마치 저울추처럼 들어올립니다. 그들의 농담은 거칠기는 했으나 애정이 깃들어 있었으며, 그들의 웃음소리는 언제나 위험하게 들렸습니다. 그러나 사실은 아무런 의미도 없는 기침 소리가 섞여 있었을 뿐입니다. 그리고 그들의 입 속에는 언제나 무엇인가 뱉어 낼 것이 들어 있었는데, 그것을 어디에다 내뱉는가에 대해서는 전혀 무관심했습니다.

 그들은 언제나 제게 있는 벼룩이 그들에게 옮겨가는 것에 대해 불평을 했습니다. 그러나 그렇다고 해서 진정으로 제게 화를 낸 적은 없었습니다. 제 털 속은 벼룩이 번식하는 장소입니다. 그리고 그들은 벼룩이 뛰어다니는 놈이라는 것을 알고 있었던 것입니다. 그래서 그들은 타협을 했습니다. 근무를 쉴 때에는 곧잘 여러 사람이 저를 둘러싸고 반원을 그리고 앉습니다. 말은 거의 하지 않고, 단지 으르렁거리는 소리만 낼 뿐이었습니다. 상자 위에 누워서 파이프 담배를 피우며, 제가 조금이라도 몸을 움직이면 곧바로 무릎을 때렸습니다. 이따금 한 사람이 막대기를 가져와서는 제가 쾌감을 느끼는 곳을 긁어주었습니다. 만약 지금 그 배를 타고 여행하도록 초대 받는다면, 저는 분명히 거절할 것입니다. 그러나 그와 마찬가지로 분명한 것은, 제가 그 갑판에 대해서 싫은 추억만을 간직하고 있지는 않다는 것입니다.

제가 그 사람들에게 둘러싸여서 획득한 안정감이 가져온 결과는 무엇보다도 모든 탈출 계획을 포기하게 된 것입니다. 지금에 와서 생각해보면, 저는 그때 다음과 같은 일을 예감하고 있었던 것 같습니다. '살려면 출구를 찾아내야 한다.' 그러나 그 출구라는 것은 탈출의 방법으로는 찾아낼 수 없다는 것이었습니다. 그 당시 탈출이 가능했는지 어떤지는 지금의 저로서는 알 수가 없습니다. 그러나 저는 적어도 원숭이인 이상 탈출은 언제든지 가능하다고 믿고 있었습니다. 지금 저의 이빨은 이미 보통의 호두를 깨무는 일조차도 조심하지 않으면 안 되게 되었습니다. 그러나 그때 만일 제게 충분한 시간이 있었다면, 문빗장까지도 물어뜯을 수 있었을 것입니다. 그러나 저는 그렇게 하지 않았습니다. 그런다고 무슨 이득이 있겠습니까? 머리를 밖으로 내놓는 즉시, 다시 붙잡혀 더욱 나쁜 우리 속에 갇히게 되었을 것입니다.

혹은 사람들이 눈치 채지 않게 맞은편에 있는 다른 동물, 가령 왕뱀들이 득시글거리는 곳으로 도망칠 수도 있었을는지 모르지만, 아마 그들에게 휘감겨 목숨을 잃었을 것입니다. 또는 몰래 상부 갑판까지 올라가 뱃전에서 몸을 날릴 수도 있었습니다. 그렇게 했더라면 저는 잠시 동안 대양의 파도 위를 표류한 끝에 익사하여 끝장이 나버렸을 겁니다. 모두가 자살 행위입니다. 저는 그때 그런 식으로 인간적인 타산을 한 것은 아니었습니다. 그러나 당시 환경의 영향으로 제가 취한 태도는 마치 계산을 뽑아 낸 듯한 결과가 되었습니다.

저는 타산적으로 기회를 기다린 것은 아니나 최대의 안정을 유지하며 관찰을 계속했습니다. 저는 그 사람들이 이리저리 오르내리는 것을 보았습니다. 언제나 똑같은 얼굴이었고, 똑같은 운동을 하고 있었습니다. 가끔 그들은 제게 다만 하나의 인간처럼 여겨지기도 했습니다. 그 사람 혹은 그 사람들은 누구의 방해도 받지 않고 걸어 다녔습니다. 한 가지 높은 목표가 마음속에 떠올랐습니다. 아무도 제게, 만일 그들과 똑같은 사람이 된다면 우리의 창살을 들어올려 주겠다고 약속하지는 않았습니다. 어떻게 보든지 불가능한 일을 전제로 해서 그런 약속을 할 사람은 없는 법입니다. 그러나 처음에는 약속을 아무리 요구해도 소용없지만, 그 전제 조건만 충족된다면 다음에는 자연적으로 약속이 이루어지는 것입니다. 그런데 그 사람들을 보면 저의 마음을 끄는 점이라곤 정말 아무것도 없었습니다. 만일 제가 앞에서 언급하였던 그 자유의 신봉자라면, 분명히 그 사람들의 흐리멍덩한 눈길 속에 보이는 출구보다는 대양 쪽을 선택했을 것입니다. 그러나 어쨌든 저는 이런 식의 생각을 하기까지 상당히 장기간에 걸쳐 그 사람들을 관찰하였습니다. 아니 그러한 관찰을 거듭했기 때문에 스스로 일정한 방향으로 발걸음을 내딛게 되었다고 말할 수 있습니다.

 사람들의 흉내를 내기는 극히 쉬운 일이었습니다. 침을 뱉는 흉내는 이미 처음 수일 사이에 거뜬히 해낼 수 있었습니다. 그렇게 해서 우리들은 상대방의 얼굴에 서로 침을 뱉었습니다. 단지 서로의 차이점이라면 제 쪽에서는 얼굴의 침을 깨끗이 핥아냈는데, 그들 쪽에서는 그렇게 하지 않았다는 점이었습니다. 저는 곧 노인 같은 모습으로 파이프 담배를 피우게 되었습니다. 더욱이 파이프 목에 엄지손가락을 밀어 넣었을 때에는 중간 갑판 전체에 환호성이 일었습니다. 저는 단지 빈 파이프와 담배가 채워져 있는 파이프를 그 후에도 꽤 오랫동안 구별하지 못했습니다.

 최대의 노력이 필요했던 것은 브랜디 병이었습니다. 냄새가 저를 괴롭혔으므로 온갖 힘을 다해 자신을 억제해야 했습니다. 그러나 자신을 이겨 내기까지에는 수 주일이 걸렸습니다. 그 사람들은 이상스럽게도 저의 이 내면적인 싸움을 제가 하는 다른 어떤 행동보다도 진지한 표정으로 다루었습니다. 저는 지금 제 기억 속에서 그 사람들을 일일이 구별할 수는 없지만, 하여튼 그 중의 한 사람은 저를 몇 번씩이나 찾아왔습니다. 혼자서 오는 일도 있었고 동료들과 함께 오는 일도 있었으며, 밤낮을 가리지 않고 아무 때나 찾아왔습니다. 병을 가지고 와서 제 앞에 자리를 잡고 앉아 제게 연습을 시켰습니다. 그는 저에 대한 판단이 서지 않는 모양으로, 저라는 존재의 수수께끼를 풀려고 했던 것입니다. 그는 천천히 병의 코르크 마개를 뽑고 나서, 제가 그 행동을 이해했는지 어떤지를 살피기 위해서 제 눈을 쳐다보았습니다. 저는 고백합니다만, 언제나 난폭하고 덤벼들 것처럼 하면서도 주의를 기울여 그가 하는 행동을 보고 있었습니다. 세상 어느 곳을 찾아보아도, 인간인 스승이 나와 같은 제자를 찾아낼 수는 없을 것입니다.

병의 코르크가 뽑아지면, 그는 그것을 입으로 가져갔습니다. 저는 그 동작을 쫓아서 그의 목구멍에까지 시선을 보냈습니다. 그는 고개를 끄덕이며 만족스러운 뜻을 표시하고, 병을 자신의 입술에 갖다 댑니다. 저는 차츰 그 행동을 인식할 수 있는 것이 미칠 듯이 기뻐서, 킬킬거리며 손이 닿는 대로 몸을 여기저기 열십 자로 긁어 댑니다. 그는 기쁜 표정으로 병을 기울여 한 모금을 마십니다. 저는 그의 흉내를 내려고 절망적으로 안달이 나서 몸부림을 치며, 우리 속에서 오줌을 쌉니다. 그러자 또 그것이 그에게 큰 만족을 줍니다. 그리고 이번에는 병을 든 팔을 힘껏 앞으로 뻗었다가 그것을 갑자기 위로 쳐들어, 저에게 가르치기 위해서 과장되게 몸을 뒤로 젖히고 단숨에 마셔 버립니다. 저는 지나친 모방욕 때문에 지쳐서, 더 이상 따라하지 못하고 창살을 붙잡은 채 축 늘어집니다. 그러면 그는 자기의 배를 쓰다듬으며 이빨을 드러내고 빙긋이 웃으면서 이론상의 교육을 끝내는 것입니다.

그런 후에 비로소 실제의 훈련이 시작됩니다. 저는 이미 이론상의 교육으로 인해서 너무 지쳐 있었습니다. 그것은 저의 운명적인 모습입니다. 그럼에도 불구하고 저는 제 앞에 내밀어진 병을 될 수 있는 대로 잘 붙잡습니다. 떨리는 손으로 코르크 마개를 뽑자 그것을 성공시킴으로 인해 점점 새로운 힘도 솟아오릅니다. 벌써 실물과 거의 구별할 수 없는 태도로 병을 높이 쳐들었습니다. 그러나 병을 입에 대자마자 곧 혐오감으로 그것을 내던졌습니다. 그 병은 빈 것이었는데, 단지 냄새만 풍기고 있었을 뿐이었습니다.

그 행위는 저의 선생과 저 자신을 큰 슬픔에 빠뜨렸습니다. 병을 내던진 후에, 저도 과장되게 배를 쓰다듬으면서 동시에 이빨을 드러내고 빙긋이 웃었습니다. 그러나 그것은 선생에게도 나에게도 위안이 되지는 못했습니다.

훈련은 너무나도 자주 그런 결과로 끝이 나버렸습니다. 그런데 저의 선생의 명예를 위해서 말해두겠습니다마는, 그는 제게 화를 내지는 않았습니다. 물론 때로는 불이 붙어 있는 파이프를 저의 털에다 갖다 댔습니다. 그러면 털은 제 손이 닿지 않는 곳에서 타기 시작합니다. 그러나 그는 곧 그의 커다란 손으로 친절하게 그것을 비벼서 꺼버리는 것이었습니다. 그는 제게 화를 내지 않았습니다. 우리 두 사람은 함께 원후의 근성과 싸우고 있었으며, 그리고 제 쪽이 좀 더 곤란한 입장에 놓여 있다는 것을 그는 잘 알고 있었던 것입니다.

그런데 그에게 있어서나 저에게 있어서 대단한 승리가 일어났습니다. 어느 날 밤, 많은 관중이 모여 있는 —아마도 무슨 축제였던 모양입니다. 축음기가 울리고 있었고, 한 명의 장교가 평소의 그 패거리들 사이에 섞여서 빈둥거리고 있었습니다— 그러한 밤에 저는 우리 앞에 우연히 방치되어 있던 브랜디 병을 사람들이 보지 않는 틈을 타서 움켜쥐었습니다. 그리고 차츰 고조되어 가는 사람들의 관심 속에서, 배운 그대로의 동작으로 코르크 마개를 뽑고 병을 입에 갖다 대고 망설임도 없이 입을 비틀지도 않고 훌륭한 술꾼처럼 눈을 빙글빙글 돌리면서, 꿀꺽꿀꺽 소리를 내며 거짓 없이 완전히 그 한 병을 마셔 버렸습니다. 그러고는 더 이상 절망적이지 않은 태도로 멋지게 손을 놀려 그 병을 가볍게 내던졌습니다. 그러나 배를 어루만지는 흉내는 깜빡 잊어버렸습니다. 그러나 그 대신으로 달리 할 일도 없었고, 또 술이 취해 그렇게 하지 않고는 견딜 수 없는 기분이었기 때문에 결국 "여보세요!" 하고 외친 것입니다. 인간의 음성으로 말입니다. 그 음성과 함께 저는 인간 사회로 뛰어들었고, 그들이 하는 소리를 들었습니다. "이것 봐, 이 원숭이가 말을 했어!" 하는 외침이 땀이 흘러내리는 저의 온몸에 입맞춤처럼 쏟아지는 것을 느꼈습니다.

거듭 말씀드립니다. 저는 인간을 모방하려는 기분에 유혹당한 것은 아닙니다. 제가 모방한 것은 오직 출구를 찾아내려는 생각에서였습니다. 그 이외에 다른 이유는 없었습니다. 게다가 그 승리도 아직은 별다른 이익을 가져오지 못했습니다. 그 인간의 음성은 곧 다시 낼 수 없다가 수개월이 지나서야 겨우 다시 낼 수 있게 된 것입니다. 게다가 브랜디 병에 대한 증오심은 한층 더 강해졌습니다. 그러나 아무튼 저의 진로는 그것으로 인해 확실하게 방향이 잡혔습니다.

함부르크에 도착하여 최초의 조련사의 손에 넘겨졌을 때, 저는 곧 두 가지 가능성이 제 앞에 열려 있다는 것을 간파했습니다. 동물원이냐 아니면 곡마단이냐 하는 것이었습니다. 저는 주저하지 않고 제 자신에게 명령을 내렸습니다. 전력을 다하여 곡마단에 들어가도록 하라. 동물원은 새로운 창살 우리에 불과하다. 그곳에 들어가면 너를 기다리는 것은 파멸뿐이다.

여러분, 이렇게 해서 저는 배웠습니다. 아아, 우리는 배우지 않을 수 없을 때에는 반드시 배우게 됩니다. 출구를 찾으려면 배워야 합니다. 그런 때 우리는 한눈팔지 않고 열심히 배웁니다. 채찍으로 자기 자신을 감시합니다. 조금의 반항이라도 있으면 살이 찢길 정도로 자신을 괴롭힙니다. 그렇게 해서 원숭이의 근성은 빙그르르 돌아, 저로부러 도망쳐 밖으로 뛰어나갔습니다. 그 때문에 저의 최초의 선생은 그 자신이 원숭이의 근성에 사로잡혀 버려서, 곧 훈련을 중지하고 정신병원으로 보내져야만 했습니다. 다행스럽게도 그 선생은 곧 치료가 되어 퇴원했습니다만.

그렇지만 저는 많은 선생들을 소비했습니다— 때로는 수 명의 교사를 동시에. 제가 자신의 능력에 충분한 확신을 갖게 된 이후로, 대중이 저의 진보에 따라왔으므로 제 장래가 화려하게 빛나기 시작했습니다. 그러자 저는 여러 선생을 모집하여 그들을 연이어진 다섯 개의 방에 모시고는 그들로부터 동시에 수업을 받았습니다. 저는 결국 정신없이 계속 이 방에서 저 방으로 뛰어다녔습니다.

이와 같은 진보! 사방팔방으로부터 이와 같은 지식의 빛이 눈을 뜬 저의 뇌리 속으로 흘러들게 된 것입니다. 저는 기뻤습니다. 그것을 부정하지는 않습니다. 그러나 동시에 고백합니다만 그 가치를 과대평가하지도 않습니다. 그 무렵부터 그랬었고 지금은 더욱 그렇습니다. 저는 지금까지 지상에서 유래가 없었던 피나는 노력에 의하여 유럽인의 평균적인 교양 수준에 도달했습니다. 그 사실은 아마도 그 자체로서는 아무런 의미 없는 일일 수도 있습니다. 그러나 그것은 저를 우리 밖으로 구출해 냈고, 제게 그 특별한 출구, 인간에의 출구를 주었다는 것으로 충분한 의미를 갖는 것입니다. 독일어에 '슬쩍 달아난다'는 좋은 표현법이 있습니다만, 저는 그것을 해냈습니다. 달아난 것입니다. 자유를 선택할 수는 없다는 것을 언제나 전제로 하고 있었던 제게는 그것 외에 달리 길이 없었습니다.

저의 발전과 지금까지 도달한 목표를 개관해 보면, 저는 한탄도 하지 않거니와 또 만족도 하지 않습니다. 저는 양손을 바지 주머니에 찔러 넣고, 탁자에는 포도주 병을 올려 놓고, 흔들의자에 비스듬히 누워 창 밖을 바라보고 있습니다. 손님이 찾아오면, 그 신분에 맞는 대우로써 그들을 맞이합니다. 저의 매니저는 앞 방에서 대기하고 있다가 초인종이 울리면 달려와서 제가 하는 말을 듣습니다. 밤에는 거의 언제나 공연입니다. 저는 더 이상은 바랄 수 없을 정도로 성공을 거두고 있습니다. 연회나 학술적인 모임이나 또는 유쾌한 집회에서 밤이 깊어 돌아오면, 훈련 중인 체구가 작은 여자 침팬지가 저를 기다리고 있습니다. 저는 원숭이 방식으로 그녀와 유쾌한 한때를 보냅니다. 낮에는 그녀를 보는 것을 좋아하지 않습니다. 그녀의 눈에는, 훈련받고 있는 동물의 분열과 착각이 깃들어 있습니다. 그것을 알아보는 것은 저뿐입니다. 저는 그것을 견딜 수가 없습니다.

어찌되었든 저는 도달하려고 마음먹었던 목표에는 도달했습니다. 그런 것은 노력할 가치가 없는 일이었다는 말은 듣고 싶지 않습니다. 더욱이 저는 어떤 사람으로부터도 비평을 받고 싶은 생각이 없습니다. 제가 바라는 것은 오직 지식을 넓히는 일입니다. 저는 단지 사실을 보고할 뿐입니다. 존경하는 학술원 회원 여러분, 저는 이상으로 여러분에게 보고드릴 따름입니다.

단식 수도자
Ein Hungerkünstler

최초의 고민

공중 곡예사는—주지하는 바와 같이 서커스 가설극장 관람석 위의 높디높은 둥근 천장에 매달려 재주를 부리는 이 곡예는 인간의 행위라고는 생각할 수 없는 지극히 어려운 재주의 하나다—, 계획이 변경되지 않는 한 낮이나 밤이나 계속 높게 걸린 그네에 매달려 있었다. 처음에야 재주를 연마하기 위한 일념에서 그렇게 했지만, 나중에 그것은 게으른 습관으로서 일상적인 일이 되어 버렸다. 그의 용무는 극히 작은 일이긴 하지만 모두 밑에서 교대로 깨어 있는 급사가 해주었으며, 위에서 요구하는 것은 모두 특별히 만든 용기에 넣어져 올라오고 내려가고 했다.

이러한 생활이므로 특별히 주위에 폐를 끼치는 귀찮은 일은 일어나지 않았다. 다만 그 자신 외의 사람이 공연할 때에는 그가 모습을 숨기지 않고 위에 그대로 머물러 있었기 때문에 약간 방해가 되었다. 그런 경우 그는 대개 조용하고 얌전하게 있었지만, 역시 여기저기에서 관중들의 시선을 끌기 마련이었다. 그러나 감독 입장에서는 그가 특별한, 그리고 누구와도 대치할 수 없는 곡예사였기 때문에 그를 관대하게 봐주고 있었다. 게다가 그가 좋아서 그러는 것이 아니라, 본래 끊임없이 수련을 쌓아 오직 완전한 기술을 획득할 목적으로 이런 생활을 하고 있다는 것을 다른 사람들도 잘 알기 때문이었다.

하여튼 위쪽은 언제나 건강에 좋았다. 그뿐만 아니라, 따뜻한 계절이 되어 둥근 천장의 완전히 열린 천장으로 햇빛이 시원한 바람과 함께 이 자욱한 공기 속으로 힘차게 밀려들면 그것은 참으로 아름답기까지 했다. 말할 나위 없이 그 사람들과의 교제가 극히 한정되어 있어서 단지 이따금 동료 곡예사가 새끼줄 사닥다리로 기어올라와 그를 만날 뿐이었다. 그런 때에는 두 사람이 그네에 나란히 걸터앉아서 양쪽 손잡이에 기대어 잡담을 나누는 것이다. 어떤 때는 또 지붕 수리를 하던 목수가 열려 있는 창 너머로 서너 마디 말을 걸어오거나, 또는 소방대원이 천장 관람석의 비상등을 점검하러 와서는 그에게 적당한 경의를 표하면서 소리쳐 대기도 했다. 그 외 그의 주변은 항상 조용했다. 가끔 오후 두 시경에, 텅 빈 건물 안을 서성거리던 일꾼 하나가 문득 무슨 생각이 났는지 거의 보이지도 않는 높은 곳을 올려다보는 때가 있었다. 그러면 공중 곡예사는 누가 보고 있는 줄도 모르고 여러 가지 재주를 부리거나 휴식을 취하고 있는 것이다.

불가피하게 이 고을에서 저 고을로 돌아다니는 일만 없었다면, 곡예사는 이렇게 아무런 방해도 받지 않고 편안히 지낼 수 있었을 것이다. 그에게 여행이라는 것은 가장 힘든 일이었다. 하지만 그럴 때는 흥행주가 그를 불필요한 귀찮은 일로 괴롭히지 않도록 여러 가지로 배려해주곤 하였다. 도시로 나갈 때에는 언제나 경주용 자동차를 이용해서 될 수 있는 대로 밤이나 새벽에 인적이 없는 대로를 최대 속력으로 달렸다. 그럼에도 그가 동경하고 있는 이상적인 속도에는 여전히 어림없는 것이었다. 기차로 여행할 때에는 물론 평소의 생활과 똑같지는 않지만, 찻간 하나를 몽땅 할당해주었기 때문에 혼자서 위에 매달려 있는 그물 선반에 누워 흔들리면서 여행하였다. 다음에 출연할 극장에서는 그가 도착하기 전에 재빨리 현수 그네를 정확히 정해진 위치에다 설치하고, 장내로 통하는 문이란 문은 모조리 열어 통로를 넓게 잡아 놓는다— 이윽고 공중 곡예사가 줄사닥다리에 발을 걸고 문득 긴장을 하며 마른침을 삼킨다고 생각한 순간, 다시 멋있게 위쪽 그네에 매달려 보이는 그때야말로 흥행주의 생활에 있어서 가장 멋진 순간인 것이다.

그러나 거듭되는 순회공연에서 흥행주가 아무리 성공을 거둔다고 해도 역시 그는 새로운 여행길마다 고통스러웠다. 다른 일은 모두 제쳐놓더라도 여행은 공중 곡예사의 신경에 파괴적인 역할을 하기 때문이다.

그렇게 해서 그들은 어느 땐가 또다시 모두 함께 열차에 몸을 싣고 여행을 하게 되었다. 곡예사는 그물 선반에 누워 꿈을 꾸고 있었다. 흥행주는 창가에 기대어 책을 읽고 있었는데, 그때 곡예사가 그에게 살짝 말을 걸어왔다. 흥행주는 금방 성실한 근무 자세를 취하며 대꾸해주었다. 곡예사는 입술을 깨물면서 말했다.

"이제부터는 하나의 그네 대신 두 개의 그네를 써야 되겠소. 서로 마주보이는 두 개의 그네를."

그러자 흥행주는 군소리 없이 그 말에 찬동했다. 그러나 곡예사는 흥행주가 당장 찬성을 하든 반대를 하든 그런 것은 무의미하다는 듯이, 앞으로는 절대로 그네 하나로는 곡예를 하지 않겠다고 말했다. 단 한 개의 그네로 곡예를 한다는 것은 생각만 해도 몸이 떨린다는 표정이었다.

흥행주는 갈피를 잡지 못하고 생각에 잠겼다가 다시 한번 자기도 전적으로 같은 의견이라고 말했다. 그네를 두 개로 하면 하나보다는 좋을 것이 분명하였다. 그렇지 않아

최초의 고민 131

도 이 새로운 설비는 이점이 있으며, 연기에 더한층 변화를 주어 재미를 더해줄 테니까. 그러자 곡예사는 갑자기 울음을 터뜨렸다. 깜짝 놀란 흥행주가 당황하여 자리에서 일어나 도대체 무슨 일이냐고 물었지만 대답이 없었다. 그는 의자 위에 올라서서 그를 쓰다듬어주며 자신의 얼굴을 그의 얼굴에 갖다 댔다. 곡예사의 눈물이 그의 얼굴에까지 흘러내렸다. 그렇게 계속 달래면서 여러 가지로 묻고 난 후에야 곡예사는 비로소 흐느끼면서 말했다.

"하나뿐인 가로대에 매달려서— 나는 어떻게 살아갈 수 있다는 말인가!"

흥행주는 그제서야 곡예사를 달래기가 훨씬 쉬워졌다. 흥행주는 당장 다음 정거장에서 출연지에 전보를 보내어 그네를 하나 더 만들도록 하겠다고 약속했다. 그리고 이토록 오랫동안 그네 하나로 부려먹은 데 대하여 그는 양심의 가책을 느낀다며, 마침내 그 잘못을 깨닫게 해주어 고맙다면서 곡예사를 칭찬하고 치켜세우기도 했다.

흥행주는 마침내 간신히 곡예사를 안정시킬 수가 있었으므로 다시 한쪽 구석으로 돌아왔다. 그러나 그 자신은 안정이 되지 않았다. 가슴이 답답하여 책 너머로 곡예사를 슬쩍 바라보았다. 일단 그런 생각에 사로잡힌 이상, 어떻게 그 고민을 떨쳐버릴 수가 있겠는가. 점점 더 심해질 수밖에 없지 않겠는가? 그리고 사실 흥행주는, 방금 울음을 그치고 언뜻 보기에 조용히 잠들어 있는 것처럼 보이는 곡예사의 매끄럽고 앳된 이마 위에 최초의 주름이 몇 줄 잡히기 시작한 것을 보았다.

작은 여인

 작은 여인이 있다. 그녀는 선천적으로 매우 홀쭉한데 중심은 잡혀 있다. 내가 본 그녀는 언제나 같은 옷을 입고 있다. 노란빛이 감도는 회색 —말하자면 나무껍질 같은 빛깔의— 천으로 지은 옷으로, 같은 색의 술이나 단추 같은 장식품이 달려 있었다. 언제나 모자는 쓰지 않았고 엷은 빛깔의 금발은 윤기가 돌았는데, 단정하지 않은 것은 아니지만 매우 느슨하게 부풀어 있었다. 몸의 중심은 잡혀 있었지만 동작이 가볍고 —물론 그 동작은 과장되어 보인다— 허리에 손을 얹고 상반신을 빙글 돌려 옆으로 돌아서기를 좋아한다. 그녀의 손에서 받은 인상은, 그만큼 손가락 하나하나가 따로따로 예리하게 구별되는 손은 본 적이 없다고 말한다면 비로소 재현이 될 것인가. 그렇다고 해서 그녀의 손이 해부학적으로 다르다는 것은 절대로 아니다. 흔히 볼 수 있는 손이다.
 그런데 이 작은 여인은 내가 몹시 마땅치 않은 모양이다. 그녀는 항상 나에 대하여 무엇인가 험담을 하고, 그녀의 잘못은 언제나 나로 인한 것이라면서 하나에서 열까지 내게 화를 내는 것이다. 생활이라는 것을 잘게 잘라서 그 하나하나를 구별하여 판단할 수 있다면, 확실히 그녀에게는 나의 생활 하나하나가 일일이 짜증의 근원이 되리라. 도대체 무엇 때문에 그처럼 나에 대한 모든 것이 신경에 거슬리는 것일까 하고 곧잘 깊이 생각해본다. 나의 모든 것이 하나하나 그녀의 미적 감각이나 정의감이나 전통, 습관, 희망 같은 것과 맞지 않는지도 모른다. 그와 같이 서로 다르고 기질이 맞지 않는 성격이 있는 법이다.

그렇다고는 하지만 그녀는 무엇 때문에 그런 것에 대해 그처럼 심하게 걱정하는 것일까. 우리들 사이에는 그녀가 나 때문에 괴로움을 당해야 할 아무런 관계도 없다. 그녀는 단지 나를 완전한 남으로 취급하면 되는 것이다. 또 사실 그대로 나는 완전한 남이며, 그렇게 결심만 해준다면 나는 그것에 대해 환영할지언정 아무런 괴로움도 느끼지 않을 것이다. 단지 그녀가 나의 존재를 잊어버리기만 하면 그것으로 되는 것이다. 나는 이제까지 내 존재를 그녀에게 강요한 일이 없고, 앞으로도 그럴 것이다— 그러면 온갖 역겨운 생각은 깨끗이 흐르는 물에 떠내려가버릴 것인데, 이 경우 나는 나 자신의 일, 즉 그녀의 태도가 나에게도 물론 고통스럽다는 것을 완전히 도외시하고 있다. 내가 그것을 도외시하고 있는 것은, 나의 이 모든 고통은 그녀의 괴로움에 비하면 아무것도 아니라는 것을 잘 알고 있기 때문이다. 물론 그런 경우, 그것이 사랑의 괴로움이 아니라는 것도 너무나 잘 알고 있다.

나의 실생활의 개선에도 그녀는 아무런 관계가 없다. 왜냐하면 나를 향한 그녀의 여러 가지 비난은 모두 나의 생활 태도가 그것으로 인해 어떤 변화를 가져오게 되는 그런 성질의 것은 아니기 때문이다. 또한 나의 생활이 그녀 자신을 곤란하게 만든 것도 아니다. 그녀가 괴로워하고 있는 것은 다름 아닌 그녀 자신의 개인적인 관심사로서, 즉 내가 그녀에게 지우고 있는 고통, 내 손으로 그녀의 장래를 방해하려고 위협하는 고통에 복수하는 일이다. 나는 이미

한 번 그녀가 이렇게 계속 화를 내고 있는 일에 대하여 어떻게 하면 가장 좋은 결말을 지을 수 있을 것인가 가르쳐 주려고 했던 일이 있다. 그런데 오히려 그 때문에 그녀를 몹시 화나게 만들었으므로 두 번 다시 그런 짓은 하지 않기로 했다.

요컨대, 내게 어떤 책임이 있다고 해도 좋을 것이다. 왜냐하면 이 여인이 내게 있어서 아무리 타인이고, 두 사람 사이의 관계라면 오직 하나, 내가 제공하는 분노, 아니 오히려 그녀가 제멋대로 자기 스스로 일으키는 분노 그것뿐이라 할지라도, 역시 그녀가 이 분노 때문에 육체적으로까지 괴로워하고 있는 것을 눈으로 직접 보니, 아무래도 내가 무관심하게 있을 수만은 없기 때문이다. 이따금 내게 그녀에 대한 소식이 들려온다. 그것은 최근 점점 잦아지고 있는데, 어느 날 아침 그녀는 또다시 잠을 제대로 자지 못한 듯 창백한 얼굴을 하고, 두통 때문에 일을 거의 손에 잡지 못하고 있다는 소식이었다. 그래서 가족들을 걱정시키고 있었다. 모두들 이러쿵저러쿵 그 이유를 예측하고 있는데, 아직까지 확실한 것은 모르고 있다. 그 이유를 아는 것은 오직 나뿐이며, 그것은 오래된 그리고 또 언제나 새로운 분노의 마음 때문이다. 물론 나는 그녀의 가족들과 걱정을 함께하고 있는 것은 아니다.

그녀는 참으로 강인한 여자다. 그렇게까지 화를 낼 수 있는 인간이 어디에 있겠는가. 그리고 또 누가 그런 분노에 대해 처리할 수 있겠는가. 더군다나 그녀가 이렇게 괴로움을 드러내 보이고 있는 것은 ―적어도 부분적으로는― 오로지 세상 사람들로 하여금 내게 의혹의 눈을 돌리게 하기 위해서라고 생각되는 때가 있다. 나라는 존재 때문에 얼마나 괴로움을 당하고 있는지를 공공연하게 입 밖에 내어 말하기에 그녀는 너무나도 자존심이 강하다. 내일로 다른 사람들에게 호소한다는 것은 그녀 자신의 자존심을 상하게 만드는 결과가 된다고 생각할 것이다. 오직 적의 때문에, 끊임없이 그녀를 몰아세우기만 하는 적의 때문에 그녀는 나에게 구애받고 있다. 이렇듯 불순한 일을 여러 사람의 면전에 들고 나와 이야기하는 것은 그녀로서는 역시 수치스러운 일인 모양이다. 그러나 이처럼 계속 그녀를 찍어 누르는 압박에 대해 완전히 입다물고 있다는 것 또한 그녀로선 견딜 수 없는 노릇이다. 그래서 그녀는 약삭빠름으로 중용의 길을 택하려고 한다. 결국 어디까지나 침묵을 지키면서, 오직 그 내심의 괴로움이 밖으로 드러내는 징후만으로 사건을 세론世論의 심판 앞에 내놓자는 것이다. 그뿐만 아니라, 아마도 그녀는 만일 사람들이 일단 나를 분명하게 주목하게 되면, 거기에 나에 대한 그들의 공공연한 분노가 생겨서 그 강력한 힘의 수단에 호소하여 결정적으로 나의 버릇을 고쳐줄 것을 기대하고 있는 모양이다. 그것은 그녀 개인의 조그마한 분노에 비하면 훨씬 강력하고도 급속한 효과를 볼 것이다. 그렇게 되면 그녀는 뒷전에 앉아서 몰래 안도의 한숨을 쉬고 내게 등을 돌릴 것이다.

그러나 이것이 과연 정말로 그녀의 소원이라면 그녀는 착각을 하고 있는 것이다. 즉 사람들은 그러한 역할을 떠맡지 않을 것이다. 설사 아무리 강대한 확대경으로 나를 포착했다 할지라도 사람들은 나에게 결코 그처럼 끝없는 비난과 욕설을 퍼붓는 일은 하지 않을 것이다. 나는 그녀가 생각하고 있는 만큼 쓸모없는 인간은 아니다. 나는 나 자신을 특별히 칭찬할 생각은 없다. 특히 이 경우에 있어서는 더욱 그렇다. 그러나 사람들에게 특별히 두드러지게 도움이 되는 인간은 되지 못한다 할지라도, 하여튼 그 반대의 의미에서 남의 눈에 띄는 인간도 아님은 확실하다. 오직 그녀에게만, 거의 하얗게 빛나는 듯한 그녀의 눈에만 내가 두드러지게 보일 뿐이다. 그녀가 아무리 설명한다 해도 아무도 신용할 까닭이 없다. 그렇다면 나는 이 점에 대해선 완전히 안심을 해도 좋을까? 아니, 그렇지는 않다. 왜냐하면 나의 태도 때문에 그녀가 이렇게까지 고통을 당하고 있다는 사실이 실제로 알려진다면, 그래서 몇몇의 감시인들, 매우 근면한 소식통 여러분들이 바로 그 일을 간파하기 직전에 있거나 적어도 마치 간파한 듯한 행동을 보인다면 세상 사람들은 귀찮아져서 내게 질문을 퍼붓게 될 것이다.

너는 도대체 무엇 때문에 그런 개선하기 어려운 천성으로 그 연약한 여성을 괴롭히느냐, 혹시 못살게 굴어서 죽여 버리기라도 할 속셈이냐, 언제 그런 짓을 그만두고 이성과 인간다운 소박한 동정심을 갖게 되겠느냐— 이렇게 세상 사람들이 나에게 물어온다면, 나는 대답하기가 무척 어려울 것이다. 그런 경우 나는 그러한 병적인 태도 같은 것은 전혀 신용할 수 없다고 솔직하게 털어놓아야 할 것인가, 그리고 한 가지의 죄를 면하기 위하여 다른 사람을 그것도 몹시 좋지 않은 방법으로 책망함으로써 세상 사람들에게 불쾌한 인상을 주어도 좋을 것인가. 설령 내가 실제로 그녀가 병이 들었다는 사실을 믿는다 할지라도 그 여인은 나에게 있어서 전혀 모르는 타인이며, 우리들 사이의 관계하고 있는 것은 오로지 그녀가 날조한 그녀 측만의 관계이므로 나로서는 조금도 동정할 수가 없다고 단호히 말할 수도 있을 것이다. 나는 나 자신이 다른 사람으로부터 신용을 받지 못한다고는 말하고 싶지 않다. 오히려 나의 신용이나 불신의 문제는 다른 사람이 물을 바가 아니다. 그런 것은 문제가 되어 운운될 정도로 대단한 일은 아니다. 사람들은 오직 어떤 가냘픈 병든 여성에 관한 나의 해명을 기록으로 남기는 일에 그칠 것이다. 그리고 그 해명은 나를 위해서 유리하지 못할 것이다. 이런 경우에는 아무리 다른 해명을 해보아도, 연애 관계가 있으리라는 의혹을 갖지 않도록 하려고 갖은 애를 써보아도, 완강하게 나의 길을 가로막는 것은 세상의 무지몽매함이라는 것이다. 나는 그런 관계는 없었으며 만일 있다고 해도 이미 오래전에 내게서 멀어져 버렸다는 것쯤은 명백하게 말할 수 있다.

나로서는, 그녀의 그 특출한 판단력과 싫증을 낼 줄 모르는 집요한 추진력이라는 이 아름다운 강점으로 해서 계속 시달리지만 않는다면 정말로 그녀에게 매우 탄복하지 않을 수 없을 것이다. 그렇지만, 하여튼 그녀에게서는 나에 대한 우호적인 감정은 조금도 찾아볼 수 없다. 그 점에 있어서 그녀는 참으로 분명하고 진실미가 있다. 그리고 나의 마지막 희망도 거기에 걸려 있다. 그녀의 작전 계획으로, 나와 그러한 관계가 있다는 것을 다른 사람들에게 믿게 할 수 있는 좋은 기회일 때마저도 그녀는 그러한 흉내를 내지 않는 자제심을 잃지 않고 있는 모양이다. 그러나 그런 점에 대하여 사람들은 매우 둔감하기 때문에 언제나 세론은 그녀의 의견에 매달려 내게 계속 반대할 것이다.

그런 이유에서 나는 결국 세상 사람들이 간섭을 해오기 전에 미리 적당한 시기에 이 조그마한 여인의 분노를 완전히 제거할 수 있게 하거나, 아니 그런 일은 생각지도 못한다면 다소나마 그 분노를 완화시키도록 나 자신을 개조할 수밖에는 다른 도리가 없을 것이다. 사실 나는 여러 차례 나 자신을 향해 물어보았다. 나의 이 현재 상태를 전혀 바꾸고 싶지 않을 정도로 만족하고 있는 것인가, 도대체 그 필요성을 확신해서가 아니라 오직 그 여인을 진정시키기 위한 의도로라도 나 자신을 개조한다는 것은 가능할 것인가. 그리고 나는 그것을 솔직한 심정으로 시도해보았다. 조심스럽고 힘이 들었지만 오히려 그것은 내게 알맞아 유쾌할 정도였다. 여러 가지의 변화가 생기고, 그것은 다른 사람들의 눈으로도 알아볼 수 있게 되었다. 그것을 이쪽에서 그녀에게 깨닫게 할 필요는 없었다. 그녀는 그러한 모든 사실을 나보다 빨리 깨닫고 있었다. 나의 마음 밑바닥에 깔려 있는 대수롭지 않은 의도까지도 눈치 챘다. 그러나 성과는 충분하지 못했다. 왜 또 그렇게 되었을까? 나에 대한 그녀의 불만은 지금까지 내가 익히 알고 있었던 것처럼 확실히 근본적인 것이었다. 무엇으로도 그것을 배제할 수는 없다. 나 자신을 제거해보았자, 그것 역시 가능한 일이 아니다. 이를테면, 내가 자살했다는 소식을 듣더라도 그녀의 분노는 결코 사라지지 않을 것이다.

그러니 이처럼 관찰력이 예민한 그녀가 이 사실을 나만큼 간파하지 못하리라고는 생각할 수 없다. 가뜩이나 그녀의 노력에 대한 결실은 가망이 없으며, 나 자신에겐 잘못이 없고 아무리 선의를 다한다 해도 나는 그녀의 요구에 응할 수 없는 형편인 것이다. 그녀는 분명히 이 사실을 잘 알고 있지만, 그러나 싸우는 자가 언제나 그렇듯이 그녀는 싸운다는 정열 속에서 그것을 잊고 있다. 게다가 나의 불운한 천성은 일단 이미 부여되어 버린 것이기 때문에 달리 어떻게 선택할 여지가 없는 것이다. 그것은 결국 상식을 벗어난 사람에게 일부러 작은 목소리로 충고를 해주고 싶어하는 천성이다. 물론 우리는 이런 상태로는 절대로 화해

하지 못할 것이다. 나는 언제나 아침이면 상쾌한 행복감을 안고 집을 나서지만, 곧 나 때문에 비통하게 여윈 얼굴과 마주친다. 기분 나쁘게 위로 젖혀진 입술, 탐색하듯이 바라보면서도 이미 탐색하기 전부터 그 결과를 알고 있는 듯한 시선, 그 시선이 나를 스쳐간다. 아무리 민첩하게 행동을 해도 그 시선에서 도망칠 수가 없다. 그녀는 소녀티가 나는 볼을 움푹 들어가게 하며 씁쓰레한 미소를 짓고, 근심스럽게 하늘을 쳐다보며 강한 체하고 손을 허리에 얹지만, 곧 화가 나서 얼굴이 창백해지고 부들부들 떨기 시작한다.

전에 나는 평생 처음으로 —그때에는 나 자신도 정말 어이가 없어서 얼른 처음이라고 고백하지만— 어느 친한 친구에게 이 사건에 대해 간단히 암시적인 이야기를 했었다. 단순히 어떤 이야기 끝에 가볍게 서너 마디 했을 뿐이었다. 본래 그녀의 일은 내게 있어서 외부에 대해서는 극히 작은 일이었지만, 어떻든 그때 나는 전체의 의미를 사실보다 약간 축소해서 이야기했었다. 그럼에도 불구하고 그 친구는 그것을 그냥 흘려버릴 수 없는 이야기라도 된다는 듯이 자신이 거기에다 의미를 덧붙이고는 화제를 다른 데로 돌리지 못하게 했을 뿐 아니라, 이상하게도 굳이 그 이야기를 고집하는 것이었다. 그런데 그는 결정적인 점에 있어서는 이 사실을 과소평가하였기 때문에 더욱더 이상하게 보였다. 그는 나에게 잠시 여행이라도 떠나는 것이 어떻겠느냐고 권유하였다. 그 권유하는 뜻을 모르는 바는 아니었다. 일이란 역시 간단한 것이다. 가까이 가보면, 누구든지 단박에 그것을 알게 된다.

그러나 내가 어디론가 사라진다고 해서 만사가 혹은 중요한 일만이라도 그리 간단히 정리되는 것은 아니다. 반대로 나는 오히려 떠나지 않도록 조심하지 않으면 안 된다. 어떤 한 가지 계획에 따라야 할 때에는, 일을 종전과 같이 바깥 세계와는 관계가 없는 좁은 범위 안에 두는 것, 즉 내가 있는 곳에 그대로 점잖게 있을 계획이며 나는 이 일 때문에 생긴 변화를, 그것이 어떤 것이든 그대로 받아들이고 아무에게도 그것에 대하여 이야기할 생각은 없다. 그러나 이러한 모든 것은, 그것이 어떤 위험한 비밀이기 때문이 아니라 지극히 개인적인 그리고 그것 자체가 쉽사리 취할 수 있는 사소한 문제이기 때문이며 어디까지나 그대로 계속되어야 하기 때문이다. 그 점에 있어서 친구의 충언은 무가치한 것은 아니었다. 특별히 새롭게 가르침을 받은 것은 없지만, 근본적인 나의 생각을 한층 굳히는 데 도움이 되었다.

요컨대 조금만 잘 생각해 보면 알 수 있는 일이지만 시일이 경과됨에 따라 이 문제들로 인해 일어난 여러 가지 변화는, 그 일 자체의 변화가 아니라 그것에 관한 나의 견해의 발전에 불과한 것이다. 그리고 이 견해는 어떤 때는 평온하고 확고한 것이 되어 핵심에 가까워지고, 또 어떤 때는 아무리 가벼운 증상일지라도 마음이 흔들리고 견딜 수 없는 영향을 받아 일종의 신경 쇠약에 걸리고 마는 것이다.

때로는 어떤 판결이 바로 눈앞에 있는 것처럼 생각되지만, 그러나 아직은 찾아오지 않을 것이라는 사실을 깨달음으로써 나는 이 일에 대하여 한층 냉정해진다. 누구나가 특히 젊은 시절에는 판결이 찾아오는 시기를 지나치게 중시하는 경향이 있다. 어떻든 나의 작은 여성 재판관께서 내 모습을 보고 기분이 나빠져서 옆에 있는 의자에 앉아서 한쪽 손으로 의자 등받이를 움켜쥐고 또 한쪽 손으론 코르셋을 거머쥐며 노여움과 절망으로 양쪽 뺨에 눈물을 줄줄 흘리고 있을 때면 나는 언제나 아, 마침내 판결이로구나 그리고 당장 해명을 위해 소환당하겠구나 하고 생각했었다. 그러나 전혀 판결 통지는 없고 해명도 필요치 않으며 여성들은 당장 기분이 나빠지고 세상 사람들은 무슨 일에든지 주의를 기울이고 있을 만한 여유가 없다. 그래서 도대체 이 세월을 통해 무슨 일이 일어났다는 말인가? 별다른 일은 없고 이러한 사건들이 반복되고 있을 뿐이다. 어떤 때에는 강하게 어떤 때에는 약하게 결국 그만큼 총계만이 커질 뿐이다.

그리고 사람들은 거기에서 무엇인가 가능성을 찾을 수 있으리라 여겨지면 당장 야유꾼들처럼 웅성웅성 몰려들어 자꾸만 간섭을 하려고 들 것이다. 그러나 아무런 가능성도 없다. 그들은 단지 이제까지 자신들의 후각을 즐기고 있었을 뿐이다. 후각이라는 것은 확실히 그 후각의 소유자를 마음껏 활동시키기는 하지만, 다른 사람에게는 아무런 소용도 없는 것이다. 실제로 그것은 언제나 그랬다. 언제나 이렇듯 할 일 없는 길거리의 지게꾼이나 한가한 사람들이 있어서, 반드시 그 어떤 교활한 방법으로 그것도 친척이니 인척이니 하는 사람들이 가장 좋아하며 자기 측근의 변호를 맡고 나선다. 그 사람들은 항상 부지런히 코를 벌름거리고 있지만 그 결과는 아무것도 없으며 오직 그들이 여전히 그 자리에 존재한다는 것뿐이다. 만약에 다른 점이 있다면 내가 점점 그들의 얼굴을 익혀서 식별할 수 있게 되었다는 것인데, 이것만은 큰 변화인 것이다.

나도 이전에는 이런 무리들이 도처에서 점점 모여들어 일이 커지면 저절로 그 결말이 날 것으로 생각했었다. 그러나 오늘날에 와서는 그들과 상관없이 모든 일은 예전부터 있었던 대로 존재하며 판결의 도래와는 거의 아무런 관계도 없다는 것을 알게 된 셈이다. 그리고 판결 그 자체도 나는 왜 그것을 이처럼 과장해서 큰소리로 부르는 것일까? 만일 언젠가 —그것은 내일도 모레도 아니며 다분히 있을 수도 없는 일이겠지만— 사람들이 본시 그 권한에 속하지 않는 이러한 사건—이것도 재삼 내가 되풀이하는 말인데—에 관여하게 된다면 나는 그 심리 과정에서 틀림없이 절대로 무사하지는 못하겠지만, 한편으로는 다음과 같은 일도 생각할 수 있을 것이다. 즉 사람들에게 있어서 나는 미지의 존재가 아니며 예전부터 그들의 후광 속에서 활개를 치며 살고 있고 신용도 있으며 그에 어울리는 생활을 영위하고 있다.

그렇기 때문에 뒤에 나타난 이 괴로워하는 작은 여인은, 지금이니까 말해두지만 내가 아니라 다른 사람이었다면 아마도 이미 옛날에 그녀를 귀찮게 붙어다니는 가시 정도로 생각하고 사람들을 위해서라도 당장에 아무렇게나 구둣발로 짓밟아버렸을지도 모른다. 어떻든 이 여인은, 사람들이 오래전부터 나를 존경해야 할 일원으로 증명해주는 사령장에, 최악의 경우라도 기껏해야 조그맣고 보기 싫은 장식적인 말을 몇 마디 첨가하는 정도가 고작일 게다. 그것이 이 사건이 지닌 오늘의 실정이고 그렇기 때문에 나는 아무것도 걱정할 것이 없다. 세월을 거듭하는 사이에 내가 약간 불안해졌다는 것은 사건의 본래 의미와는 아무런 관계도 없다. 화를 낼 이유가 아무것도 없는데도 계속 다른 사람을 괴롭히고 있다는 것은 그렇게 간단히 참아낼 수 있는 일이 아니다. 사람들은 불안해져서 이성적으로는 결정이 나리라고 생각되지 않는, 말하자면 오직 육체적으로만 귀를 기울여 남모르게 판결을 기다리게 된다.

작은 여인

그러나 경우에 따라서는 그것도 연령의 문제에 불과하다고 말할 수 있다. 젊은 시절에는 무엇이나 잘 어울린다. 아름답지 못한 개개의 사실도 쉬지 않고 솟아나는 청춘의 샘 앞에서는 사라져버린다. 젊은 사람이 몰래 눈을 번뜩이며 살핀다고 해도 그것은 악의로 느껴지지 않으며, 특별히 이상하게 생각되지도 않는다. 젊은이 자신도 그렇게 생각하고 있다. 그런데 노년이 되면 남아 있는 것은 찌꺼기뿐이고 모두 다 필요한 것뿐이다. 무엇 하나 옛날로 돌아가는 것은 없다. 모두가 싫증이 날 정도로 보아온 것이다. 노인이 눈을 번뜩인다면 그것은 분명히 무엇인가를 기다리는 시선이다. 그 시선을 정착시키는 것은 어려운 일이 아니다. 그러나 다만 노인의 경우에도 눈길이 안정되는 것은 결코 현실적으로나 객관적으로 타락하는 것은 아니다.

  어떤 측면에서 보더라도 언제나 내가 머물러 있을 상태는, 결국 이러한 사소한 일을 가볍게 손으로 감추어 두고서라도 또 그 여인이 아무리 떠들어댄다 해도, 역시 여전히 이제까지의 생활을 세상 사람들에 의해 방해받지 않고, 언제까지나 오래오래 조용하게 계속해나갈 것이라는 사실이다.

단식 수도자

 지난 수십 년 사이 단식 수도자에 대한 관심은 현저하게 줄어들었다. 이전에는 시 자체의 운영으로 대규모의 흥행을 거둘 경우 좋은 벌이가 되었는데, 오늘날에 와서는 전혀 수지가 맞지 않기 때문이다. 시대가 변한 것이다. 당시에는 도시 전체가 단식 수도자의 얘기로 가득 찼다. 단식일이 계속됨에 따라 관심은 더욱 높아졌고, 누구나 단식 수도자를 적어도 하루에 한 번씩 보지 않으면 마음이 놓이지 않았다. 나중에는 작은 창살 우리 앞에 며칠이고 주저앉아 있는 예약 신청자까지 있었다. 밤중에도 효과를 높이기 위하여 횃불을 밝히고 참관이 행해졌다. 날이 밝으면 수도자가 머무는 우리가 집 밖으로 운반되고, 그런 때에는 특히 단식 수도자를 구경하는 어린아이들이 많았다. 그것은 어른들에게 있어서는 가끔씩 있는 흥밋거리에 지나지 않지만, 어린아이들은 깜짝 놀라서 입을 딱 벌린 채 조심스럽게 서로 손을 붙잡고 수도자의 창백한 얼굴을 뚫어지게 바라보는 것이다.
 수도자는 몸에 달라붙는 검은색 옷을 입고 있었으므로 갈비뼈가 앙상하게 드러나 보였으며, 의자마저도 거부한 채 짚을 깐 자리 위에 앉아서는 한 번 정중하게 고개를 끄덕여 인사한 후에 긴장된 미소를 띠고 질문에 대답하곤 했다. 뼈와 가죽만 남은 팔을 만져 보게 하기 위해서 그는 일부러 창살 밖으로 팔을 내밀기도 하고 그러다가는 다시 무념무상이라는 듯이 조용히 생각에 잠기는 것이었다. 그에게 있어서는 소중한, 우리 안의 유일한 물건인 시계의 초침 소리까지도 신경을 쓰지 않았으며 더 이상 한눈도 팔지 않고, 한 가지에 마음을 써서 마음이 흩어지지 않게 하고 반쯤 눈을 감고 앞을 응시하면서 이따금 입술을 적시기 위해 작은 잔에 있는 물을 빨아먹을 뿐이었다.

들락날락하는 구경꾼들 외에 일반인들 사이에서 선발된 감시인들이 있었는데, 그들은 기묘하게도 보통 푸줏간 주인들이었으며 언제나 세 사람씩 짝을 지어 단식 수도자가 몰래 음식물을 입에 넣지 못하도록 밤낮없이 감시하는 일을 맡고 있었다. 그러나 그것은 단순히 대중을 안심시키기 위한 형식에 불과하며, 단식 수도자란 단식 기간 중에는 어떤 일이 있어도, 명령을 받고 강요를 당한다 해도 절대로 음식물을 입 안에 넣지 않는다는 것을 소식통들은 잘 알고 있었다. 수도의 명예가 그것을 금한 것이다. 물론 감시원들 중에는 아무도 그것을 이해하는 사람이 없었다.

근무자들 중에도 더러는 감시를 적당히 하는 게으른 자가 있어서 일부러 멀리 떨어진 구석에 자리를 잡고 트럼프 놀이에 열중하기도 하였다. 수도자를 향해서 우리들은 상관없으니 몰래 가져온 것이 있으면 간단한 음식물 정도는 꺼내 먹으라는 식이었다. 단식 수도자에게는 이런 감시원만큼 괴로운 존재가 없다. 그들은 수도자를 비참하게 만들고 그 배고픔을 절망적인 고통으로 몰아넣는다. 이럴 때면 수도자는 종종 자신의 쇠약함을 극복하고, 이러한 감시인이 지키고 있는 동안에는 견딜 수 있는 한 전력을 다해 노래를 불렀다. 수도자에 대한 그들의 의혹이 얼마나 그릇된 것인가를 보여주기 위해서. 그러나 그것은 거의 소용없는 짓이었다. 노래를 부르면서도 교묘히 잘 먹는다고 말하면서 그들은 놀라기만 했으니까.

수도자에게 있어서는 차라리 우리의 창살 옆에 딱 붙어앉아서 광장의 침침한 불빛으로는 만족하지 못하여 흥행주로부터 받은 회중전등으로 수도자를 비춰가며 감시하는 감시원이 훨씬 좋았다. 눈부신 불빛은 그에게 조금도 방해가 되지 않았다. 물론 제대로 잠을 잘 수는 없었지만, 그는 언제든지, 어떤 불빛 아래에서도 어느 시간에든지 만원으로 떠들썩한 광장에서도 약간은 졸 수 있었기에 그는 이런 감시인들과 한숨도 자지 않고 밤을 지새는 것을 무엇보다 즐거워했다. 그 패거리들과 농담을 주고받으며 자신의 방랑 생활을 통한 경험담을 들려주기도 하고, 또는 그들의 이야기에 귀를 기울이는 것도 사양하지 않았다. 그것도 모두 그들을 잠재우지 않고 자기 옆에 붙잡아두고는 자신이 우리 속에 먹을 것을 일절 지니고 있지 않다는 것과 자신이 그들로서는 그 누구도 흉내내지 못할 정도로 단식하고 있다는 것을 반복해서 보여주기 위함이었다. 그리고 아침이 되어 그가 계산하는 돈으로 감시인들을 위해 충분한 아침 식사가 듬뿍 운반되고, 밤샘으로 지친 건장한 사나이들이 왕성한 식욕으로 음식에 한꺼번에 덤벼들 때야말로 그가 가장 행복한 시간이 되는 것이다. 과연, 이 아침 식사까지도 감시인들이 부당하게 매수당할 위험을 살피려는 사람들이 있기는 하였으나, 그것은 지나친 생각이었다. 그것을 감안하여 아침 식사의 제공 없이 야경夜警을 맡을 생각이 없느냐고 감시인들에게 질문을 하면, 그들은 망설이며 머뭇거렸다. 그래도 결국은 자기들이 의심스러운 시선에 의해 주목받는 상태에서 그대로 머무는 것이다.

물론 이것은 단식이라는 것과 절대로 떼어놓을 수 없는

단식 수도자 147

혐의 중 하나였다. 그 누구도 밤낮으로 계속 단식 수도자 옆에서 감시 근무를 할 수는 없는 노릇이었다. 그렇기 때문에 실제로 누구 한 사람 자신의 눈으로 단식이 중단되지 않고 틀림없이 행해지고 있는지 어떤지를 확인할 수는 없었다. 오직 수도자 자신만이 그 사실을 알고 있었다. 동시에 그 자신만이 결국 그의 단식에 완전히 만족할 수 있는 유일한 관객일 수 있었다. 그렇지만 그는 또 다른 이유로 해서 결코 만족스럽지 못했다. 많은 사람들이 초췌해진 수도자를 차마 볼 수 없다는 연민의 정에서 이 구경거리를 경원하지 않을 수 없지만, 사실 수도자의 입장에서 보면 다분히 이 단식으로 인해 그처럼 초췌해진 것이 아니라 단지 자기 자신에 대한 불만 때문이었다.

보통 어떠한 소식통도 잘 모르는 일이지만 결국 단식이라는 것이 얼마나 쉬운 일인가 하는 것은 그 자신만이 알고 있었던 것이다. 그것은 이 세상에서 가장 쉬운 일이었다. 수도자는 그 사실을 사람들에게 말했으나 아무도 믿지 않았다. 사람들은 호의적으로 그것을 겸손이라고 보기도 하였지만, 대개는 수도자가 자기 선전을 하고 싶어서 그런다거나 그를 사기꾼이라고 생각했다. 물론 사기꾼이라면 무엇인가 단식을 위한 좋은 방법을 터득하고 있기 때문에 단식이 쉬운 것이고, 그렇기 때문에 또 그런 일을 뻔뻔스럽게 고백하는 시늉을 한다고 생각하는 것이다. 그는 그런 모든 비판을 감수하지 않으면 안 되었다. 세월이 흐르는 동안 그러한 비판에 익숙해지긴 했지만, 이 불만은 마음속에 항상 착 달라붙어 있어 그를 괴롭혔다. 그리고 지금까지 어떤 단식 기간 이후에도 ―그 기록의 증명서가 그에게 교부되기 때문에― 그는 자기 멋대로 우리를 떠난 일이 없었다.

흥행주는 단식의 최고 기간을 40일로 한정하고 그 이상은 절대로 어떠한 대도시에서도 단식을 허용하지 않았다. 거기에는 더욱이 타당한 이유가 있었는데, 대개 40일이라는 기간은 경험에 비추어 볼 때 점점 선전의 효과가 높아져서 그 고을의 관심을 끌 수 있는 적당한 한계였기 때문이다. 그 후로는 효과가 없어져 결정적으로 손님이 줄어드는 것이다. 물론 이 점에 있어서 도시와 시골이 다소의 차이가 있기는 했지만, 통상 40일을 최고 기간으로 삼는 것이 가장 타당하였다. 그러므로 40일째가 되면 꽃으로 장식된 우리의 문이 열리고 열광하는 관중이 장내를 메우며 군악대가 음악을 연주하고 두 명의 의사가 수도자에게 필요한 검진을 하기 위해 우리 속으로 들어간다. 그 결과는 메가폰으로 장내에 보고되었고, 마침내는 추첨으로 선발된 행운의 두 젊은 귀부인이 나타나 단식 수도자를 부축하여 우리에서부터 두서너 계단 밑으로 안내를 하게 되는데, 그곳에는 작은 탁자 위에 환자용 음식과 좋은 안주가 정성스럽게 마련되어 있는 것이다.

그러나 이 순간이 오면 단식 수도자는 언제나 그것을 거부한다. 자진해서 뼈만 앙상하게 남은 자신의 팔을, 시중을 들기 위하여 허리를 구부리고 그에게로 내미는 귀부인들의 손에 맡기기는 하지만 이내 일어서려고는 하지 않는다. 40일이 지난 지금, 왜 단식을 중단하지 않으면 안 되는가? 앞으로도 얼마든지 무한으로 버틸 수가 있는데, 왜 바로 지금 단식의 절정이라 할 수 있는 가장 상태가 좋은 이때에 중지하지 않으면 안 된다는 말인가? 다른 사람들은 왜 좀 더 단식을 계속하려는 그의 명예를 그로부터 빼앗으려고 하는가. 그 명예는 그가 동서고금 최고의 단식 수도자가 되는 데 그치지 않고 ―그는 지금도 사실상 다분히 최고의 수도자이지만— 자기 자신을 조금 더 무한한 경지에까지, 즉 도달할 수 없는 높이에까지 끌어올리려 하는 것이다. 왜냐하면 그는 자신의 단식 능력에 한계를 느끼지 않고 있기 때문이다. 그에게 이처럼 아낌 없는 찬사를 보내고 있는 대중이 왜 그 이상의 단식을 허용하지 않으며 그를 내버려두지 못할까? 그는 다시 계속하여 단식을 할 수가 있는데도, 왜 대중이 그렇게 하지 못하게 하는가.

그는 지쳐 있었지만 짚 위에서 자세를 바로잡았다. 이제 벌떡 일어나 음식상 앞으로 나가야만 한다. 식사라는 것은 생각만 해도 구역질이 났으나, 귀부인들 앞이라 그 말을 입 밖에 내는 것은 애써 참았다. 그리고 그는 겉으로 보기에는 매우 친절하지만, 사실은 잔인하기 짝이 없는 귀부인들의 눈동자를 가만히 올려다보고는 가늘게 여윈 목 위에 묵직하게 내려앉은 머리를 옆으로 흔들었다. 그때 평소와 같은 격식대로 행사가 시작되었다. 흥행주가 와서 잠자코 —음악 소리가 요란해서 말은 할 수 없었다— 단식 수도자의 팔을 머리 위로 쳐들었다. 그것은 마치 이 짚 위에 앉아 있는 신의 아들인 이 불쌍한 순교자를 하늘이여 굽어 살피소서 하고 손짓으로 부르는 것 같았다. 사실 단식 수도자는 순교자였다. 다만 전혀 다른 의미에서의 순교자이다. 흥행주는 마치 깨지기 쉬운 물건을 다루는 것처럼 아주 정중한 손짓으로 이것 보라는 듯이 단식 수도자의 말라·빠진 몸을 안아 올렸다. 그러고는 —슬쩍 흔들기만 해도 수도자의 다리와 상체는 저절로 이리저리 흔들렸다— 그 사이에 죽은 사람처럼 창백해진 귀부인들의 손에다 그를 넘겨 주었다.

단식 수도자는 이미 모든 것을 체념했다. 머리가 가슴 위로 숙여지고 아래로 굴러떨어질 것만 같아서 정신없이 버티고 선 몸뚱이는 빈 껍질처럼 보였다. 자기 보존의 본능에서 다리는 양무릎을 꼭 붙이고 서 있었지만, 마치 발을 딛고 있는 곳이 땅이 아닌 것처럼 헛발질을 하고 있었다. 애당초 그의 발이 찾고 있는 것은 현실의 지면이었다. 그러자 신체의 중량 전체가, 물론 매우 가볍기는 했으나 한 귀부인에게로 쏠렸다. 그녀는 시중을 들면서 몹시 허덕거리며 —명예스러운 역할이 이런 일이라고는 꿈에도 생각지 못했다— 우선은 적어도 자신의 얼굴을 단식 수도자에게 닿지 않게 하려고 될 수 있는 대로 목을 옆으로 길게 빼고 있었지만, 그것이 아무래도 잘 되지 않았다. 한편 운이 좋은 반대편 귀부인은 조금도 도와주지 않으면서 매우 흡족해하는 모습이었으므로, 곤경에 빠진 귀부인은 다시 부들부들 떨면서 작은 뼈의 묶음과 같은 수도자의 손을 자기 앞으로 가져오려고 하다가 장내에 있는 관객들이 그것을 지켜보며 왁자지껄하게 들끓기 시작하자 끝내 참지 못하고 울음을 터뜨렸다. 그래서 조금 전부터 대기하고 있던 한 사환과 교대를 해야만 될 처지가 되었다.

그리고 곧 식사 차례가 되었는데, 흥행주가 실신을 한 듯이 정신이 몽롱한 단식 수도자의 입에 먹을 것을 약간 흘려 넣어주었다. 그러는 동안 그는 관객의 주의를 수도자로부터 딴 곳으로 돌리기 위해 우스꽝스럽게 지껄여댔다. 이윽고 겉으로 보기에는 마치 단식 수도자가 흥행주에게 잠깐 속삭이기라도 한 듯이, 이것을 건배하는 말이 관중을 향하여 외쳐졌다. 악대가 한 차례 우렁차게 나팔을 불어 만장의 감격을 불러일으켰고, 그것이 끝나자 산회散會를 알렸다. 흩어지면서 이 사건에 대해 불만을 외칠 권리를 가진 사람은 아무도 없었다. 오직 단식 수도자 한 사람만을 제외하고는.

이렇게 해서 그는 규칙적으로 한숨 돌리는 휴식을 취하면서 오랜 세월을 살아왔다. 외관상으로는 빛나는 영광 속에서 세상의 모든 것들로부터 찬양을 받으면서 생활했지만, 그는 대체로 무뚝뚝하였고 언제나 우울했으며, 또 그것을 아무도 진지하게 받아주지 않았기 때문에 더욱더 침울해졌다. 그를 어떻게 위로해주었어야 했을까? 그를 위하여 어떤 바람직한 일이 남아 있었을까? 어느 땐가 한번은 어떤 친절한 사람이 나타나 그를 동정하면서 그가 우울한 것은 틀림없이 단식 때문일 거라고 설명하려고 했다. 그때는 특히 단식 기간이 상당히 진척되었을 무렵이었는데, 단식 수도자는 그 설명에 격노하여 갑자기 야수처럼 우리의 창살을 뒤흔들었기 때문에 줄을 지어 늘어서 있던 사람들을 깜짝 놀라게 한 일이 있었다.

흥행주는 이러한 사태에 즐겨 사용하는 해결 방법이 있었다. 그는 모여든 관중 앞에서 단식 수도자를 위해 변명을 하였다. 배불리 먹고 찾아온 여러분은 이해를 못하겠지만 단식을 하게 되면 화를 곧잘 내게 된다, 그것만 생각해주신다면 단식 수도자의 행동을 용서할 수 있을 것이라고 덧붙였다. 그리고 또 단식 기간보다도 더 오래 단식을 계속할 수 있다는 단식 수도자의 주장을 대변하는 일장연설을 하고, 그 비상한 노력과 훌륭한 의지와 위대한 자기 부정을 찬양했다. 흥행주는 자신의 연설을 뒷받침하기 위해서 그 자리에서 함께 팔고 있는 여러 가지 사진을 관중들에게 보이기까지 하면서, 그것으로써 이 주장을 한눈에 가볍게 일축하려고 하는 것이었다. 즉 그 사진은 단식 수도자가 어느 단식의 40일째에 침대에 누워 찍은 것으로 야위다 못해 당장에라도 꺼져 없어질 것 같은 모습을 하고 있었다.

흥행주에게는 이와 같이 진실을 왜곡하고 자신에게 유리하게 끌어 붙이는 것이 흔히 있는 버릇이었는데, 수도자는 그것을 잘 알고 있었지만 언제나 다시 심한 기억의 쇠퇴를 느낄 뿐이었다. 이전의 단식이 가져온 결과가 그 원인인 것 같았다. 이 무지한 세상과 맞서 싸운다는 것은 불가능했다. 그래도 그는 싫증을 내지 않고 마음속에 언제나 훌륭한 신념을 지니고 호시탐탐 창살 옆에서 흥행주의 말에 귀를 기울이고 있었지만, 사진이 나올 때마다 그는 창살에서 떨어져나가 한숨을 쉬면서 짚 위로 쓰러졌다. 그러면 안정을 되찾은 관중은 다시 우르르 몰려들어 그를 뚫어지게 쳐다보는 것이었다.

이러한 장면을 목격한 사람들도 2, 3년이 지난 후에 이때의 일을 다시 회상하면, 종종 자신들도 그 까닭을 알 수 없어 어리둥절해하는 것이었다. 왜냐하면 이미 설명한 바와 같이 그 세월 동안 굉장한 변동이 있었기 때문이다. 그것은 거의 갑자기 일어난 일이었다. 좀 더 깊은 원인이 있었을는지도 모르지만, 그것을 캐내려고 생각하는 사람은 아무도 없었다. 그런데 어느 날, 명성을 누려온 단식 수도자는 오락을 찾는 대중들이 갑자기 자신을 떠나 다른 구경거리를 찾아 흘러가는 것을 보았다. 흥행주는 어디에선가 다시 한 번 옛날처럼 인기를 끌어볼 수 없을까 하고 유럽 일대를 그와 함께 돌아다녔다. 모든 것은 허사였다. 이상스럽게도 서로 의논이라도 한 듯이 어디를 가나 단식 흥행을 싫어하는 풍조가 만연해 있었다. 물론 이런 사태가 하루아침에 벌어졌다는 것은 아니다. 사람들은 이제 와서 늦게나마 당시 그 인기의 떠들썩함 속에서 주의를 기울이진 않았지만 역시 숨기지 못할 여러 가지 징후가 나타났던 것을 상기했다.

단식 수도자

그러나 지금에 와서 그 방위책을 강구하기에는 이미 너무 늦었다. 언젠가는 다시 단식 흥행 시대가 온다는 것은 확실하지만 현재의 사람들에게는 일시적인 위안거리도 되지 못한다. 그렇다면 단식 수도자는 어떻게 해야 좋다는 말인가? 수많은 관중들에게 둘러싸여서 환호를 받았던 그는 초라한 소도시의 흥행장에도 나갈 수 없었다. 다른 생업으로 전향을 하기에는 이미 나이가 너무 많을 뿐 아니라 무엇보다도 단식이라는 것에 너무나도 열중해 있었다. 그래서 그는 유일무이한 짝이었던 흥행주와 헤어지고 자신은 어느 큰 곡마단에 고용되었다. 그는 성을 잘 내는 자신의 성질을 다치지 않기 위하여 계약서의 조건 같은 것은 따지지도 않았다.

 곡마단에는 연중 잇달아 도태와 보충을 반복하고 있는 수많은 인간, 동물, 대도구, 소도구가 있어서 어느 것이든지 어느 때나 사용할 수가 있었다. 단식 수도자 또한 —물론 그에게 알맞도록 조심스러운 요구이기는 하지만— 요구가 있으면 그 예에서 벗어나지 않았다. 그러나 사실 이 특수한 경우는, 단지 단식 수도자 자신만이 아니라 오래전부터 알려진 그의 이름도 함께 고용된 것이었다. 게다가 그의 특기는 나이가 들어도 감퇴되지 않는 특색을 지니고 있어서, 이제 수도자의 전성기가 지나고 한물갔기 때문에 안정된 서커스에 틀어박혔다고 말할 수 없는 것이었다. 오히려 수도자는 완전한 확신을 갖고 나는 예전과 조금도 다름없는 단식을 해보인다고 단언했을 뿐만 아니라, 만일 내 뜻에 맡겨준다면 —그것은 당장 약속이 성립되었다— 나는 이제야말로 비로소 세상을 놀래게 할 수가 있다고 주장했다. 그것은 물론 —수도자는 흥분을 해서 곧 잊어버리고 있었지만— 시대의 풍조라는 것을 생각하면 장사꾼들의 실소를 자아낼 만한 주장이었다.

 그러나 결국 단식 수도자로서도 그런 실정을 무시하고 있었던 것은 아니다. 그는 우리 속에 들어간 자신이 결코 핵심 연기자로서 곡마단 무대 한복판에는 놓여지지 못하고 밖의 마구간 근처에, 하여튼 사람들이 가장 잘 다니는 장소에 놓여진 것을 당연한 일로서 인정하고 있었다. 커다란 글씨로 선명하게 쓰여진 선전 문구가 우리를 둘러싸고, 그곳에서 볼 수 있는 그대로를 광고하고 있었다. 관중들이 연예의 막간에 동물을 구경하려고 마구간 쪽으로 쇄도해 오면, 관중들은 거의 틀림없이 단식 수도자가 있는 곳에서 잠깐 멈출 뿐 바로 지나가 버리는 것이었다. 좁은 통로를 통하여 목적하는 마구간에 빨리 가려고 뒤에서 밀려오는 사람들은 왜 도중에서 발걸음을 잠시 멈추는지를 모르고 있었으므로 그곳에서 좀 더 오래 바라보려고 해도 그렇게 할 수가 없었기 때문이다. 만일 그렇지 않았다면 아마도 모두가 좀 더 오랫동안 그가 있는 곳에 머물러 있었을 것이다.

 단식 수도자는 본래 같았으면 당연히 생활의 목적으로서 이 구경꾼들이 쇄도하는 시간을 고대했을 터인데, 도리어 그 시간이 다가오는 것이 두려워 몸을 떠는 이유이기도 했다. 그도 처음에는 이 막간에 대하여 다소 기대를 걸지 않은 것은 아니었다. 그는 황홀한 기분으로 밀려오는 군중 쪽을 지켜보고 있었다. 그런데 갑자기 —어떤 완강한, 거의 의식적인 자기기만으로도 이 경험에 대해 맞서 싸울 수가 없었다— 그는 군중들이 목적하는 곳이 모두 예외 없이 오직 마구간이며 그곳으로 몰려가고 있다는 것을 확신했다. 멀리서 보면, 그것은 역시 황홀한 광경이었다. 군중들이 그가 있는 곳까지 다가와서는 편을 나누어 서로 앞을 다투고 뒤엉켜서 아우성치는 소리가 갑자기 귀먹을 정도로 그의 주위를 에워쌌으니 말이다. 한쪽은 침착하게 그를 잘 보려고 하는 사람들이었으며 ―그것은 결코 진심이 아니라 단지 심심파적으로 반 장난이었기 때문에 그에게는 곧 견딜 수 없는 것이었지만― 또 다른 한쪽은 무엇보다도 오직 마구간으로 달려가고 싶어하는 사람들이었다. 물밀듯이 밀려오는 대군이 지나가고 나면, 낙오병들이 그 뒤를 따라 다가왔다. 이 사람들은 이제 그럴 생각만 있으면 천천히 걸음을 멈추고 쳐다볼 수도 있으련만, 그들은 동물 구경에 늦을세라 한눈도 팔지 않고 큰 걸음으로 부지런히 지나갔다.

극히 드문 일이지만, 그중에는 어린아이를 거느린 아버지가 찾아와서 단식 수도자를 가리키며 이것은 무엇이라고 자세히 설명해주는 행운도 없지는 않았다. 아버지는 "이 수도자는 말이다, 예전에도 지금과 비슷하기는 하였지만, 비교가 되지 않을 정도로 더욱 큰 구경거리였단다"라고 이야기를 들려주었다. 그러면 아이들은 평소 학교나 집에서 들어보지 못한 일이었으므로 아무래도 잘 이해하지 못하면서 ―단식이란 것이 어린아이들에게 무슨 상관이 있겠는가― 공연히 장난스러운 눈길을 빛내며, 새로운 미래와 좀 더 행복스러운 시대의 비밀을 미루어 추측하는 것이었다. 그럴 때면 단식 수도자는 곧잘 그가 있는 장소가 이런 마구간 근처만 아니었다면 만사가 조금은 나을 터인데 하고 혼잣말로 중얼거렸다. 곡마단 사람들은 그것을 간단하게 결정해버렸던 것이다. 마구간에서는 냄새가 발산되고, 짐승들이 밤중에 소란을 피우며, 맹수에게 먹일 날고기가 눈앞으로 운반되고, 또 먹이를 줄 때 짐승들이 울부짖고 하는 일들이 그의 기분을 몹시 상하게 하여 끊임없이 무겁게 짓누른다는 사실 따위는 그들에게 문제되지 않았다.

하지만 아예 그는 감독에게 자리를 옮겨달라고 청원조차 하지 않았다. 아니 차라리 그는 어느 편인가 하면, 언제나 짐승들 덕택으로 그 구경꾼들을 분배받고 있다고 생각하는 것이었다. 그 군중 속에 때로는 그의 고객도 있었으니까. 좀 더 정확하게 말하자면, 만일 그가 억지로 자신의 존재를 확실하게 하려고 한다면 오히려 그가 오직 마구간으로 가는 통로의 방해물에 지나지 않는다는 사실을 드러낼 뿐이어서 어느 구석 자리에 처박혀 버릴지도 모를 일이었다.

물론 그는 작은 방해물에 지나지 않았다. 그리고 그 방해의 정도도 점점 작아지고 있었다. 오늘날에 와서는, 단식 수도자가 사람들의 눈을 끌어보려고 색다른 행동을 해도 사람들에게는 이미 익숙해져버려서 이 익숙한 정도에 따라 그의 평판이 좌우되고 있었다. 그는 가능한 범위 내에서 능력껏 단식을 해보이기를 원했고 또 사실 그대로 해보이기도 했지만, 이제는 아무도 그를 구하려 들지 않았고, 사람들은 그의 옆을 그냥 지나쳐 갔다. 시험삼아 누구 한 사람을 붙들고 단식에 대해 설명해보라! 느낄 줄 모르는 인간에게는 알려주려고 해도 소용없다. 아름다웠던 선전 문구는 더럽혀져서 읽을 수 없게 되었으므로 사람들이 찢어버렸지만, 누구 한 사람 갈아붙일 생각을 하지 않았다. 단식 일수를 기록하기 위해 붙여 놓은 작은 숫자판도 처음에는 신경을 써서 매일 새로운 기록을 써 붙였지만, 이미 오래전부터 언제나 같은 것이 붙어 있었다. 처음 일주일이 지나자, 이 간단한 작업을 맡은 사람 자신이 싫증을 내버린 것이다.

그리하여 단식 수도자는 예전에 꿈꾸었던 대로 단식을 계속해서 당시 예언했던 대로 무난히 기록을 돌파하는 데 성공했지만 누구 한 사람 그 일수를 계산하는 사람이 없었고, 단식 수도자마저도 이미 그 날짜가 얼마나 되었는지를 알지 못했다. 그래서 그의 심사는 험악해졌다. 그럴 즈음 한번은 어떤 게으름뱅이가 무의식중에 그 자리에 멈추어 서서는 그 낡은 숫자를 무시하고 사기꾼의 속임수라고 욕을 한 일이 있지만, 그런 의미에서는 이것은 분명 무관심과 그에 부수되는 악습에 의해서 만들어진 더없이 어리석은 허위였다. 왜냐하면 단식 수도자 자신은 사람들을 조금도 기만하고 있지 않았으니까. 그는 정직하게 열심히 일을 하고 있었지만, 세상이 그를 속이고 그의 보수를 빼앗아 가 버린 것이다.

그런데 그로부터 또 여러 날이 흘러 그런 상태도 끝장이 났다. 하루는 어느 감독이 수도자의 우리를 발견하고는 고용인들에게 왜 이렇게 쓸모 있는 우리에 썩은 짚을 넣어둔 채 사용하지 않고 내버려두었느냐고 물었다. 아무도 그 이유를 몰랐지만 마지막에 겨우 한 사람이 숫자판을 알아본 덕으로 단식 수도자에 대한 생각이 떠올랐다. 막대기로 짚을 헤치고 보니, 그 속에 단식 수도자가 있었다. "이건 뭐야, 여전히 단식을 하고 있었던 것인가?" 하고 감독이 물었다. "도대체 그 단식은 언제 그만두는 거야?"

단식 수도자는 "용서해주게, 친구들" 하고 모기 같은 소리로 속삭였다. 감독만이 우리의 창살에 귀를 바짝 갖다 댔기 때문에 그가 하는 말을 알아들을 수 있었다.

"물론 자네를 용서하고말고."

감독은 그렇게 말하면서 손가락을 그의 이마에 대보고 모여 있는 사람들에게 수도자의 현재 상태를 암시해주었다.

"연중 끊이지 않는 단식으로 자네들을 놀라게 해주려고 생각했었네" 하고 단식 수도자는 말했다.

감독은 "그야, 우리들도 놀라고 있지" 하고 말하면서 가까이 갔다.

"그런데 모두들 놀라지 않는 것이 좋겠어." 수도자가 말했다.

"흠, 그렇다면 놀라는 것은 그만두지" 하고 감독이 말했다. " 도대체 왜 놀라지 않는 편이 좋다는 거지?"

"그것은, 나는 단식을 하지 않으면 안 되니까 말이야. 나는 다른 일은 할 수가 없어" 하고 수도자가 말했다.

"자, 생각해보게." 감독이 말했다. "도대체 당신은 왜 다른 일은 할 수가 없지?"

단식 수도자는 "결국 나는 말이야" 하고 말하기 시작했다. 그는 작은 머리를 약간 쳐들고 입을 맞추듯 입술을 뾰족하게 내밀어 감독의 귀에다 바싹 대고는 말이 조금도 새어나가지 않도록 속삭였다. "나는 말이지, 맛있다고 생각되는 음식물을 찾아내지 못했던 거야. 맛있는 음식이 있기만 하다면야 일부러 사람들의 인기를 모으는 짓 같은 일은 하지도 않았고 당신이나 다른 사람들처럼 배불리 먹고 지냈으리라고 생각해."

그것이 그의 마지막 말이었다. 그러나 그의 흐려져가는 눈동자에는 아직도 좀 더 단식을 할 수 있다는, 이미 그것은 자랑이 아니었지만 굳은 확신의 빛이 어려 있었다.

"자, 치워 버리게!"

감독이 그렇게 말하자, 단식 수도자는 짚과 함께 매장되었다. 그리고 그가 있던 우리에는 한 마리의 어린 표범이 들어왔다. 오랫동안 황폐했던 우리 속을 이 야수가 뛰어다니는 것을 보자, 아무리 둔감한 사람이라도 시원스럽고 밝은 느낌을 받을 수 있었다. 표범은 부족한 것이 아무것도 없었다. 감시인들은 아무런 생각 없이 표범이 좋아하는 먹이를 부지런히 날라주었다. 표범은 그가 누리던 자유마저도 그립게 생각되지 않는 모양이었다. 찢어서 가죽으로 만들기에는 아까울 정도로 필요한 것이면 무엇이든지 갖추고 있는 이 고귀한 육체는, 마치 자유마저도 몸에 지니고 있는 것처럼 생각되었다. 치열의 어느 사이엔가 자유를 물고 있는 것 같았다. 생에 대한 환희가 그 목구멍으로부터 관중들로서는 견디기 어려울 정도로 강한 열기를 토해내고 있었다. 하지만 관중들은 그것도 극복하고 우리 주위로 몰려들어 잠시도 떠나려 하지 않았다.

가수 요제피네, 혹은 쥐의 일족

 우리들의 가수는 그 이름이 요제피네이다. 그녀의 노래를 들은 적 없는 사람은 그 노래의 힘을 모른다. 본래 우리 종족은 음악 같은 것은 별로 좋아하지 않았으므로, 그녀의 노래가 모두의 마음을 감동시킨다는 것은 그만큼 높은 가치가 있는 것이다. 조용한 평화야말로 우리가 가장 좋아하는 음악이다. 우리들의 생활은 늘 고통스러우니까.
하루하루의 고생을 떨쳐버릴 수 있는 날이 언젠가 한 번쯤 온다고 해도 이런 음악과 같은, 우리들의 일상 생활과 관계가 없는 것을 위해 우리가 이러쿵저러쿵할 필요는 없다. 하지만 우리는 그것을 별로 괴롭게 생각하지는 않는다. 괴롭게 생각할 수도 없는 것이다. 어떤 종류의 능숙한 교활함은 우리의 최대 미덕으로 여겨지고 있기 때문이다. 이것은 물론 우리들에게 없어서는 안 될 필수적인 것이기 때문에, 설사 우리가 음악이 가져다주는 행복을 동경한다 할지라도 ―그런 일은 있을 수 없지만― 우리는 역시 평소의 버릇대로 교활한 미소를 띠면서 모든 것을 체념해버릴 것이다. 그러나 오직 요제피네만이 예외이다. 그녀는 음악을 사랑하고 있으며, 또 음악을 우리들에게 전하는 중개 역할도 터득하고 있다. 그녀만이 유일한 존재이다. 그녀가 사라진다면 ―그것이 언제일지 누가 알겠는가― 음악도 우리들의 생활에서 사라져버릴 것이다.

나는 종종 도대체 이 음악이라는 것에 어떤 연유가 있는지 생각해보았다. 좌우간 우리들은 거의 음악적이지 않다. 그렇다면 우리가 요제피네의 음악을 이해한다는 것은, 아니 요제피네는 우리가 이해하지 못한다고 말하고 있으므로 적어도 우리가 안다고 생각하고 있다면, 그것은 왜일까. 가장 간단하게 대답하면, 아무리 우둔한 인간일지라도 결국 머리를 숙이고 말 정도로 이 노래의 아름다움이 대단하다는 사실이다. 그러나 이 대답은 만족스러운 것이 못 된다. 만일 그것이 사실이라면, 누구든지 이 노래에 대하여 무엇보다도 먼저 언제나 비범하다는 느낌을 가질 것이다. 그 느낌이란 우리가 이제까지 들은 적 없고, 우리는 그것을 들을 능력조차도 전혀 갖추지 못했던 것, 그리고 요제피네 혼자만이 우리에게 들을 수 있는 힘을 주고, 다른 그 누구도 그렇게 할 수 없는 무엇인가가 그녀의 목에서 울려나온다는 것이다.

나의 생각을 말한다면, 사실 이 느낌은 전혀 확실치가 않다. 나는 그런 느낌을 받지 못하였고, 다른 이들도 그렇게 느끼는 것을 전혀 본 적이 없다. 우리들은 친한 친구들 사이에서 터놓고 이야기하는데, 요제피네의 노래는 노래로서는 조금도 비범한 것이 아니라는 의견들이었다.

도대체 그것이 노래라는 말인가? 우리들은 음악적이지는 않지만, 그래도 노래의 전통이 있기는 하다. 우리 종족에게도 옛날부터 노래는 있었다. 전통이 그것을 대대로 말해주고 있으며, 물론 이제는 아무도 노래를 부르지는 못하지만, 하여튼 가요가 남아 있기는 하다. 그래서 대개 노래란 어떤 것인가 하는 관념을 가지고 있으며 그 관념이 요제피네의 예술과는 근본적으로 맞지 않는 것이다. 도대체 그것이 노래란 말인가? 혹시 그것은 단지 찍찍거리는 소리에 불과한 것이 아닐까?

물론 우리는 이 찍찍거리는 소리에 대하여 모두가 잘 알고 있다. 그것은 우리 종족 고유의 특기인 것이다. 아니 차라리 특기라기보다 이미 혈육화 된 특성적인 생활 표현 그 자체이다. 우리는 모두가 찍찍거리고 울지만, 물론 그것을 예술이라고 부르는 자는 아무도 없다. 그런 것에는 신경쓰지 않고 전혀 깨닫지 못하며 모두들 찍찍거리기만 한다. 그뿐만 아니라, 이 찍찍거리는 소리가 우리들의 독특한 특성에 속한다는 것까지도 모르는 놈들이 있다. 그러므로 요제피네는 노래를 부르는 것이 아니라 단지 찍찍거리며 재잘거릴 뿐이고 적어도 나에게는 그렇게 생각된다. 흔히 있는 재잘거림의 영역을 벗어나지 않은 것이라면 —그뿐만이 아니다. 이와 같은 흔한 소리라면 여기저기에 있는 토역꾼들도 하루 종일 일을 하면서 힘들이지 않고 노래 부를 수 있는 것이다. 그녀의 힘은 그 정도에도 이르지 못하는 것 같다— 즉 그러한 일이 모두 사실이라면, 요제피네의 소위 예술가라는 이름은 터무니없는 것이 되는 셈이다. 그러나 사실은 거기에서부터 비로소 그녀의 대단한 영향력의 수수께끼를 풀 수가 있는 것이다.

그렇지만 어쨌든 그녀가 내는 소리는 단순한 찍찍거리는 소리에 지나지 않는다. 멀리 떨어져서 들어보면, 혹은 이 점에 대해 여러 가지로 시험해보면 그것은 더욱 확실해진다. 예를 들면 요제피네가 다른 이들과 섞여 노래를 부르고 있을 때 그녀의 목소리를 식별하는 작업을 그녀 자신에게 맡겨보는 것이다. 그렇게 하면 물어볼 것도 없이 바로 그 흔한, 기껏해야 화사하고 가냘픈 점이 약간 두드러지는 자신의 찍찍거림을 알아들을 수 있을 것이다. 그러나 누구든 일단 그녀 앞에 서게 되면, 아무래도 그것이 단순히 찍찍거리는 소리만은 아닌 것을 알게 된다. 그녀의 예술을 이해하는 데는 그녀의 목소리를 듣기만 할 것이 아니라, 그녀를 쳐다보는 일이 필요하다. 설령 그것이 단순하고 일상적인 찍찍거림에 불과할지라도, 우선 단순히 습관적인 일을 반복하는 것 외에 어떤 엄숙함이 흐르는 이상한 특성이 있다.

한 알의 호두를 까는 일은 정말이지 예술이라고 할 수 없다. 그러므로 누구도 특별히 구경꾼들을 불러 놓고 그들 앞에서 즐거운 오락을 위해 호두를 까보이는 흉내는 내지 않을 것이다. 그럼에도 불구하고 그 사나이가 그 행위를 하고 그의 의도가 성공한다면 그것은 벌써 단순한 호두 까기일 수 없다. 혹은 호두 까는 일 자체를 문제로 삼는다면, 우리가 사정에 어두워서 이러한 예술을 지레짐작하고 간과한 것이 된다. 그리고 이 새로운 호두 까는 사나이는 우리들에게 처음으로 이 예술의 본래 모습을 보여준 셈이 된다. 그의 호두 까는 솜씨가 우리 대다수의 사람들보다 다소 서툴다고 할지라도, 그런 경우 도리어 그 효과는 강화된다고 할 수 있을 것이다.

요제피네의 노래도 마찬가지이다. 우리는 자기 자신에게는 전혀 감동할 수 없는 일을 그녀에 의해 감동받고 있는 것이다. 하여튼 우리들에게 감동하지 않는다는 점에서 그녀는 우리와 완전히 일치하고 있다. 나는 언젠가 어떤 이가 그녀를 향하여 매우 겸손하게 —물론 흔히 있는 일이지만— 이 일반 대중의 찍찍거림에 대해 주의를 환기시키는 자리에 같이 있었던 적이 있다. 그러나 요제피네에게 있어서 그것은 참으로 대단한 일이었다. 나는 그때 그녀가 지어보인 웃음만큼 뻔뻔스럽고 거만한 미소를 본 적이 없다. 그녀는 원래 더없이 섬세함을 지닌 여인이다. 우리 종족의 수많은 여성상 중에서도 그녀는 뛰어나게 섬세하였는데, 그러한 그녀가 바로 이때만은 참으로 저속해 보였다. 매우 민감한 그녀는 자신도 그것을 곧 깨닫고 새침해졌다. 어떻든 그녀는 그런 맥락에서 자신의 예술과 찍찍거림의 관계를 일절 부정한다.

그녀는 반대 의견을 가진 자들에 대하여 오직 경멸심과 내심 증오감마저 품고 있다. 그것은 평범한 자부심이 아니었던 것이다. 나도 반쯤은 소속되어 있는 이 반대파는 분명 일반 대중만큼 그녀에게 감동하고 있지 않지만, 요제피네로 말한다면 그녀는 단순한 감동으로는 만족하지 못하고 그녀의 뜻에 꼭 맞는 방식으로 경탄해주지 않으면 마음에 차지 않아 했다. 단순한 감동 같은 것은 문제도 아니었다. 그러나 사람들은 그녀와 직접 마주서면 그녀를 잘 이해한다. 여기서 그녀가 찍찍거리는 소리는 단순한 재잘거림이 아닌 것이다. 반대를 하는 것은 오직 멀리 떨어져 있을 때뿐이다.

찍찍거림은 우리들의 단순한 습관 중 하나이므로, 요제피네의 청중 역시 찍찍거리는 소리를 낸다고 생각할 수 있다. 그녀의 예술을 듣고 있으면 우리는 기분이 좋아진다. 그리고 우리는 기분이 좋을 때면 찍찍거리는 소리를 낸다. 그러나 그녀의 청중들은 찍찍거리지 않고 쥐 죽은 듯 조용히 하고 있다. 마치 동경하고 있던 평화가 주어져서 적어도 그것으로 인해 우리 자신의 재잘거림이 억눌려져 버린 것처럼 입을 다물고 있다. 우리들을 황홀하게 만드는 것이 정말 그녀의 노래일까, 아니면 오히려 가냘픈 노랫소리를 둘러싸고 있는 엄숙한 고요 그 자체일까? 어느 때인가 한번은 요제피네가 한창 노래를 부르고 있는 도중에 한 어리석은 여자가 잠깐 아무 생각 없이 찍찍거리는 소리를 낸 일이 있다. 그런데 그 소리는 우리가 요제피네의 입에서 듣는 것과 완전히 같은 소리였다. 조금 전부터 저기 눈앞에서 노래하고 있는, 매우 숙련되어 있지만 여전히 수줍은 듯한 노랫소리와 청중 속에 자신을 잊은 듯한 어린아이 같은 소리 사이의 차이를 말한다는 것은 불가능한 일일 것이다. 우리들은 전혀 필요치 않은 일이었음에도 곧 쉬쉬 소리를 내면서 그 평화의 교란자를 침묵시켜 버렸다. 그렇게 저지하지 않았더라도 그 여자는 틀림없이 불안과 부끄러움으로 기가 죽어 도망쳤을 것이다. 반면 요제피네는 양팔을 크게 벌리고 목을 늘일 수 있는 대로 길게 빼고는 정신없이 승리의 노래를 부르고 있었다.

그녀는 그 밖에도 언제나 이렇다. 그 어떤 하찮은 일이나 우연한 일도, 관람석의 부스럭거리는 소리나 이를 가는 소리, 조명의 방해 등 아무리 뜻에 맞지 않는 일이 있어도 그녀는 그 모든 것을 자기 노래의 효과를 높이기 위한 것이라고 생각하고 있었다. 그녀의 말을 빌리면 그녀의 노래는 쇠귀에 경 읽기라는 것이다. 분명 열광적인 박수 갈채를 받고 있지만, 진정 이해해주길 바라는 것은 이미 단념한 지 오래라고 말한다. 거기에다 때를 맞춰 온갖 방해물이 나타난다. 그녀는 그녀의 노래가 지닌 순수성에 대항하는 외부로부터 모든 것에 대해 싸우지도 않고 아주 손쉽게, 단지 대조의 묘로써 승리를 거두고는 대중의 눈을 뜨이게 해서 이해는 아닐지라도 어떤 존경심을 심어주는 데 성공한다.

그렇게 사소한 일에도 실수가 없는 그녀가 하물며 큰일에 소홀함이 있을 리가 없다. 우리들의 생활은 매우 불안정하다. 날이면 날마다 뜻하지 않은 갖가지 경악과 불안, 희망과 공포가 엄습한다. 이 모든 것을 혼자서는 감당하기

어렵다고 해서 밤낮없이 동료의 원조를 기대할 수는 없다. 그리고 동료들의 원조가 있음으로 해서 오히려 견딜 수 없을 때가 종종 있다. 본래 혼자서 짊어졌어야 할 짐을 몇천 명의 어깨에 나눠 지는 경우에도 다수로서 견디지 못할 때가 종종 있는 것이다. 요제피네는 그런 경우에야말로 마침내 때가 왔다고 생각한다. 그녀는 재빨리 그곳에 나타난다. 연약한 모습, 특히 가슴 아래 부분을 불안스럽게 떨면서 그 노래에 온 힘을 집중하고 있는 듯한 모습은 마치 그 노래에 직접 필요하지 않은 것, 즉 살아가는 데 필요한 일체의 힘까지도 빼앗겨버린 것 같고, 창백한 모습은 몸과 마음을 하늘에 있는 오직 선량한 정신의 수호에 맡긴 채 오로지 노래 속에서만 사는 것 같고, 차가운 숨결은 스쳐 지나가면서 조용히 울리는 듯하다.

언제나 바로 그 순간에 반대파가 우리에게 이야기를 걸어오곤 한다. "저 여자는 찍찍거리는 소리도 제대로 내지 못해. 노래가 아니라 —노래에 관해서는 이야기하지 말자— 흔히 들을 수 있는 시골뜨기의 찍찍거림을 짜내기 위해서 저토록 무섭게 온 정성을 다 쏟지 않으면 안 된다니 말이야."

우리들도 그렇게 생각한다. 그러나 앞에서 말한 바와 같이 인상이란 것은 역시 피할 수 없는 것임에도 불구하고 일시적이며 갑자기 훌쩍 사라져버린다. 그리고 우리들은 이미 다시 대중의 심리에 젖어드는데, 그 대중은 따뜻하게 몸과 몸을 맞대고 숨결을 죽이면서 조용히 귀를 기울이고 있는 것이다.

우리 종족은 거의 언제나 뛰어다니면서 때때로 먹이를 발견하면 별로 확실하지도 않은 목표를 향해 덤벼드는 족속이기 때문에, 이런 대중을 자신의 주위로 모으게 되면 요제피네는 아무래도 우선 작은 머리를 뒤로 젖히고 입을 반쯤 벌린 채, 두 눈은 약간 높은 곳을 향하고는 이제 자기가 노래를 시작한다는 자세를 취해야만 한다. 그녀는 아무 데서나 마음대로 그렇게 할 수가 있다. 그러나 너무 멀리 바라다보이는 장소는 좋지 않고 약간 가려진, 역시 문득 떠오른 생각에서 선택한 것 같은 한쪽 모퉁이가 편리하다. 그녀가 노래를 부른다는 소식은 삽시간에 퍼져 곧 행렬이 늘어선다. 그런데 이따금 거기에서 방해가 생긴다.

요제피네는 흥이 나서 지금 바로 노래를 부르려고 하는데, 우리들 쪽에서는 여러 가지 용무에 끌려서 우왕좌왕하고 있는 것이다. 아무리 그녀에 대한 호의를 가지고 있어도 요제피네가 생각하는 것처럼 그렇게 빨리 모이지는 않는다. 그러면 그녀는 종종 청중이 충분히 모이지 않은 상태에서 과장된 태도를 보이며 버티고 서 있다. 그러나 그것도 잠시 동안일 뿐, 그녀가 사납게 화를 내는 것은 말할 것도 없다. 그녀는 발을 동동 구르면서 욕을 퍼붓는다. 그뿐만 아니라 덤벼들기까지 한다. 그러나 그런 행동마저도 그녀의 명성을 손상시키지는 않는다. 그녀의 지나친 요구를 억제시키기보다 그녀의 요구에 조금이라도 응하도록 노력하는 것이 세상의 인심이었다. 청중을 모으기 위해서는 사자들이 파견된다. 그러한 일들이 그녀 모르게 일어난다. 그리고 주변 길목마다 배치된 군인들은 모여드는 사람들에게 빨리빨리 오라고 신호를 보낸다. 그럭저럭하는 사이에 겨우 적당한 수의 청중들이 모여든다.

이 종족은 무엇 때문에 이렇게 열심히 요제피네를 받드는 것일까? 이것은 요제피네의 노래에 관한 것 이상으로 쉽지 않은 문제다. 더군다나 양자는 서로 관련이 있다. 이를테면 종족 모두가 요제피네를 위하여 무한히 헌신하고 있다고 말한다면, 이 문제는 백지화 되어 앞서 제기한 문제와 하나로 합쳐질 수도 있을 것이다. 그러나 그렇지가 않은 것이다. 우리 종족은 무제한의 헌신이라는 것을 거의 모르고 있다. 이 종족은 무엇보다도 악의 없는 교활성을 사랑하며, 죄 없이 순진한 어린이 같은 귓속말과 단지 입을 쉴 새 없이 움직이는 요설을 사랑한다. 이러한 종족으로서는 무한한 헌신을 흉내 내기는 불가능한 것이다. 그것은 요제피네도 잘 알고 있다. 그리고 그것이야말로 그녀가 그 가냘픈 목소리로 전력을 다하여 싸우는 이유인 것이다. 다만 이러한 일반적인 판단을 너무 널리 적용해서는 안 된다. 어찌되었든 이 종족은 요제피네에게 헌신하고 있다. 그것은 단지 무제한으로서가 아니다. 예를 들어 말하자면, 요제피네에 대해서는 웃을 수가 없다. 그러나 요제피네에게도 여러 가지로 웃지 않을 수 없는 점이 있다고 솔직하게 말할 수는 있다. 웃음 그 자체는 항상 우리 가까이에 있다. 우리들의 생활이 아무리 비참할지라도 항상 조용한 웃음은 어느 정도 우리 가까이에 있는 것이다. 그러나 우리들은 요제피네에 관해서는 웃지 않는다.

　나는 이따금 대중이 요제피네를— 가냘프고, 위로해주지 않으면 안 되며, 어딘가 뛰어난 점이 있고, 그녀 자신의 말에 의하면 노래 솜씨가 뛰어난 이 여성을 자기들의 손에 맡겨져 있는 존재로서 그녀를 보살펴주어야 한다고 생각하고 있는 듯한 인상을 받는다. 그 이유는 그 누구에게도 분명하지 않다. 단지 실제로 확실히 그렇게 보이는 것이다. 그러나 우리는 그녀가 누군가의 손에 맡겨져 있다는 것에 대해서는 웃지 않는다. 그것에 대해 웃는 것은 우리들의 임무를 손상시키는 일이다. 그렇기 때문에 우리들 중에서도 가장 본성이 나쁜 친구들은 가끔 이렇게 말하곤 한다. "요제피네를 보면 웃을 기분이 나지 않는다." 이것은 요제피네를 향한 가장 모욕적인 말인 것이다.

이렇게 이 종족은 조그마한 손을 내미는 ―그것이 애원인지 강요인지 알 수가 없다― 어린아이를 끌어안아주는 아버지와 같은 태도로 요제피네를 보살펴주고 있다. 일반적으로 우리 종족은 그러한 아버지의 의무를 이행하는 데는 거의 쓸모가 없다고 생각되지만, 적어도 이 경우에는 실제로 꽤 훌륭하게 해내고 있다고 보아도 좋을 것이다. 혼자서는 도저히 할 수 없는 일을 비로소 종족 전체가 해내는 것이다. 물론 대중과 개인의 힘 차이는 대단한 것이므로, 대중은 보호 대상을 충분히 따뜻하게 자신의 가슴에 포용할 수 있으며 보호받는 쪽은 편하게 충분한 보호를 받는 것이다. 물론 요제피네에게 감히 이런 일을 언급할 수는 없다. 만약 그럴 경우 그녀는 "그래요. 하여간에 나는 당신네들의 보호 덕택으로 찍찍거리고 있답니다" 하고 말할 것이다. '그래그래, 너는 찍찍거리는 거야.' 우리들은 그렇게 생각한다. 그럼에도 그녀가 트집을 잡는 것은 우리에 대한 반박이 아니라 오히려 어린아이 같은 감사의 표시이며, 그런 일에 마음을 쓰지 않는 것이 아버지다운 태도인 것이다.

그런데 여기에서 또 다른 문제가 얽히게 된다. 그것은 대중과 요제피네의 이러한 관계에 근거하여 설명하기는 매우 어려운 문제이다. 즉 요제피네는 반대의 의견을 가지고 있다. 그녀는 자기야말로 대중을 지키는 존재라고 믿고 있는 것이다. 말하자면 그녀의 노래야말로 우리를 나쁜 정치, 경제적인 상황으로부터 구원해주고 있으며 그 노래의 힘은 결코 작은 것이 아니다. 그것은 비록 불행을 추방하지는 못할지라도, 우리에게 최소한 견뎌낼 수 있는 힘을 부여하고 있다고 생각하는 것이다. 그녀는 그런 말을 발설하지는 않는다. 그렇다고 다른 말을 하는 것도 아니며, 거의 말을 하지 않는다. 종알거리는 참새들 사이에서도 그녀는 입을 다물고 있다. 그러나 우리는 반짝반짝 빛나는 눈, 꼭 다문 입술 언저리에서 ―우리들의 세계에서 입을 다문 채로 있을 수 있는 자는 거의 드물지만, 그녀는 그렇게 할 수 있다― 그녀의 말을 읽을 수가 있다. 아무리 나쁜 뉴스를 들어도 ―매일 거짓 뉴스와 반쯤은 사실인 뉴스들이 서로 얽혀 난무한다― 그녀는 몸을 벌떡 일으킨다. 보통 때 같으면 흐물흐물 쓰러져 버리겠지만, 그녀는 일어서서 목을 쑥 빼고 폭풍우를 예감한 목동처럼 가축 떼를 두루 살핀다. 어린아이들이라면 틀림없이 떼를 쓰듯이 난폭한 용감함으로 싸움을 걸겠지만, 요제피네는 어린아이처럼 무분별하지 않다. 물론 그녀는 우리를 구원하지도 용기를 주지도 않는다. 이 종족의 구세주 행세를 하는 것은 매우 쉬운 일이다. 이 종족은 고난에 익숙하고 자신만을 돌보지 않으며 결정을 빨리 내리고 죽을 자리를 잘 알고 있다. 언뜻 보기에는 소심해 보이지만 항상 무모할 정도로 용맹한 분위기 속에서 살고 있고 더욱이 무모하기까지 한 살신성인의 종족이다. 그러므로 말한 바와 같이 이 종족에게 찾아와서 구세주인 양 행동하는 것은 간단한 일이다.

이 종족은 설령 역사가가 ―일반적으로 우리는 역사 연구를 전혀 등한시하고 있지만― 놀라움으로 꼼짝하지 못할 정도로 무수한 희생을 겪었어도 언제나 부지런히 스스로를 구제해왔다. 그런데도 우리는 실제로 궁지에 놓이게 되면 예전보다 더 열심히 요제피네의 목소리에 귀를 기울이게 되는 것이다. 우리들은 위로부터 엄습해오는 각가지 위협 때문에 말없이 조심스럽게 요제피네의 월권적인 태도에 한결같이 순종하는 것이다. 우리들은 크게 기뻐하며 모여든다. 밀고 밀리면서 모여든다. 그것은 이 모임이 우리가 괴로워하고 있는 실제의 문제와는 전혀 거리가 먼 일이기 때문이다. 우리들은 모두 벌써부터 ―그야 서둘러야 한다. 요제피네는 그것을 곧잘 잊어버린다― 싸움 전의 평화에 도취된 듯한 모습을 하고 있다. 그것은 독창회가 아니고 차라리 종족의 집회다. 그런데 집회면서도 모기 소리 같은 작은 소리 앞에서 완전히 조용해지는 것이다. 그녀를 비방하기에는 너무나 엄숙하고 진지한 순간이다.

이러한 실정을 말해주어도 요제피네는 조금도 만족하지 못하는 것이다. 요제피네는 지금까지 단 한 번도 명랑한 얼굴을 보인 일이 없고, 언제나 신경질적인 불쾌감으로 괴로워하고 있다. 그러면서도 자의식에 눈이 멀어 많은 일들을 간과하고 있으며, 이런 상태로 계속 간다면 점점 더 쉽게 놓쳐버리는 일이 많아질 것이다. 이러한 의미에서, 또한 세상에 널리 유익한 의미에서 아첨하는 무리들이 계속 일역을 맡고 있다― 그러나 그녀는 단지 옆에서, 종족의 한쪽 구석에서 남 모르게 노래해야 한다면 틀림없이 자신의 노래를 부르지 않을 것이다. 본래는 그것만으로도 결코 의미가 없는 것은 아니지만.

그러나 그렇게 할 필요도 없다. 그녀의 예술은 다른 이들에게 알려지지 않을 수가 없는 것이다. 근본적으로 우리가 전혀 다른 일을 생각하며 조용하게 있는 것은 반드시 노래를 듣기 위해서만이 아니며, 많은 이들이 서로 쳐다보지도 않고 옆에 있는 자의 털에 얼굴을 맞대고 있어서, 결국 요제피네가 헛수고를 하고 있는 것처럼 보인다 할지라도 ―이것은 부정할 수 없는 사실이다― 그녀의 찍찍거리는 소리는 틀림없이 우리들의 귀에 들려온다. 다른 모든 이들이 부득이 침묵을 지키고 있는 자리에서 홀로 크게 울려오는 이 찍찍거리는 소리는 말하자면 대중의 사자로서 개개인에게 전해진다. 답답한 침묵의 결단 속에서 홀로 노래하는 요제피네의 가냘픈 노랫소리는 마치 적국의 소요 한복판에서 시달리는 우리 민족의 가련하고 비참한 모습이다.

요제피네 자신의 목소리와 그 목소리의 연출은 조금도 자신을 위한 것이 아니고, 오직 우리들의 마음에 통로를 열기 위한 것이라고 자신의 입장을 밝히고 있다. 그렇게 생각하는 것은 좋다. 그런데 그렇게 되었을 때, 훗날 우리들 중에서 진짜 예술적인 가수가 나타난다고 해도 아마 우리들은 그 가수의 목소리를 듣는 것을 참지 못할 것이며 이런 상연의 무의미함을 다 함께 배척할 것이다. 원컨대 요제피네여, 우리가 당신의 목소리를 경청하는 것이 사실은 당신의 노래에 대한 반증에 지나지 않는다고 해서, 그런 인식 때문에 가슴 아파하지 말기를 바란다. 그런데 아무래도 그녀는 그것을 느끼고 있는 것 같다. 그렇지 않다면, 왜 그처럼 화가 나서 우리가 경청한다는 사실을 부정하겠는가. 그러나 그녀는 언제나 다시 노래를 시작한다. 그러한 예감은 떨쳐버리고 계속 찍찍거리며 노래한다.

그녀로서도 자위할 수는 있을 것이다. 어쨌든 우리들은 그녀의 노래를 실제로 경청하고 있는 것이다. 그것은 가수의 노래를 경청하는 것과 비슷하다. 그리고 그녀는 실제적인 영향력을 갖고 있다. 다른 가수가 우리를 찾아온다고 해도 좀처럼 그렇게 되지 못할 것이다. 그것은 완전히 그녀 특유의 수단으로 비로소 얻어진 것이기 때문에, 이것은 다분히 우리들의 생활 방식과도 근본적으로 큰 관련이 있는 일인 모양이다.

우리 종족은 청춘이라는 것을 모른다. 어린 시절은 거의 말할 것도 없다. 그래서 언제나 여러 가지 요구가 생긴다. 어린아이들에게는 특별한 자유, 특별한 관용을 보증해 주고자 한다. 조금이라도 걱정하지 않고 태평하게 지낼 수 있는 권리, 마음대로 뛰어다니며 놀 수 있는 권리, 그러한 것을 인정해 주고 또한 그 실현을 협력해 주고자 한다. 이러한 요구가 생기면, 거의 누구나가 거기에 찬성한다. 이것만큼 반드시 찬성해야만 하는 것도 없거니와, 이것만큼 우리들의 실생활에서 가망이 없는 것도 없다. 요구에 대해서는 모두 찬성하고 각자 노력해보기도 하지만, 곧 다시 모든 것이 이전의 상황으로 되돌아간다.

우리들의 세계에서는, 어린아이가 조금이나마 걸을 수 있게 되어 외계를 식별할 수 있으면 벌써 어른과 똑같이 자신의 일은 자신이 해나가지 않으면 안 된다. 우리가 경제적인 면을 위해 각자가 뿔뿔이 흩어져서 살아나가야 하는 지역은 매우 넓으며, 적은 너무나 많고 예측할 수 없는 위험이 도처에서 우리를 기다리고 있다— 우린 어린아이들을 생존 경쟁으로부터 멀리 떼어 놓을 수 없다. 그런 짓을 하면, 어린아이들의 장래는 당장에 끝장이 난다. 이와 같은 비탄스러운 근원으로 인해서 궐기하는 자, 즉 우리 혈통의 다산도 물론 등장한다. 한 세대가 —어느 세대나 무수히 있다— 다른 세대로 밀려든다. 어린아이는 어린아이로 있을 틈이 없다.

다른 종족의 경우에는 어린아이들이 소중하게 보호되고 학교가 세워져서 학교에서는 매일 어린아이들이 그 종족의 미래의 물결로서 도도히 흘러갈지도 모른다. 그런데 거기에서 태어나는 아이들은 언제나 똑같은 아이들이다. 비록 우리 종족에게는 학교라는 것이 없지만, 거의 끝없이 헤아릴 수 없는 많은 어린아이들이 쏟아져 나온다. 아직 찍찍거리지 못하는 동안에는 즐거운 듯이 쉿쉿거린다거나 쯔쯔거리며 울고, 아직 달리지 못하는 동안에는 혼자서 뒹굴거나 조금 밀어주면 데굴데굴 굴러가며, 아직 눈이 띄지 않는 동안에는 닥치는 대로 다가가서 아무것이나 빼앗는다.

아아, 우리 아이들! 그리고 그들은 학교를 다니는 아이들처럼 언제나 똑같은 아이들이 아니다. 그들은 언제나 새로운 아이들이다. 끝없이 끊이지 않고 어린아이가 태어났다고 생각하는 순간 그들은 이미 어린아이가 아니다. 그 뒤에는 이미 새로운 어린아이들의 얼굴이 한 줄로 줄을 지어 늘어서서 어느 놈이 어느 놈인지 모르게 우글우글 기쁜 듯이 부지런히 밀려온다. 물론 이들이 아무리 아름답다 해도, 다른 사람들이 당연하다는 듯이 우리를 부러워한다 해도 결코 우리는 이 아이들에게 진짜 어린 시절을 마련해 줄 수 없다. 그 악영향은 후세에까지 오랫동안 꼬리를 잇는다. 우리 종족에게는 일종의 어린아이 같은 특성이 배어 있어서 아무리 해도 그것을 없앨 수가 없다. 우리들의 최대의 장점인, 어김없이 정확하고 실질적인 두뇌와는 정반대로, 우리들은 종종 터무니없는 어리석은 짓을 한다. 그것은 마치 어린아이와 같은 바보스러운 행동들이다. 그와 같은 단순하고 낭비적이고 조잡하며 덜렁거리고 경박한 행동들은 대개 사소한 농담을 좋아하는 데서 비롯된 것이다. 물론 우리가 기뻐한다고 해봤자 어린아이처럼 마음껏 즐길 수 있는 기쁨은 아니겠지만, 그렇다고 해서 그런 기쁨이 전혀 없는 것은 아니다. 우리 종족의 이 어린아이 같은 특성 때문에 일찍부터 덕을 보고 있는 것이 바로 요제피네이다.

그렇지만 우리 종족이 반드시 어린애 같기만 한 것은 아니다. 말하자면 조로 현상도 있다. 우리에게 있어서는 유년과 노년의 정도가 다른 종족과는 다르다. 우리에게는 청춘 시절이 없으며, 곧바로 어른이 된다. 그래서 성인 시절이 매우 긴 편이다. 거기에서 길게 꼬리를 물고 있는 일종의 희망 없는 권태가, 일반적으로 강인하고 집념이 강한 우리 종족의 본질적인 밑바닥에 흐르고 있다. 우리가 음악적이지 않다는 것도 다분히 그것과 관계가 있을 것이다. 우리는 음악을 즐기기에는 너무 늙은 것이다. 음악의 흥분, 음악의 비상은 우리들의 무게에는 적합하지 않다. 우리들은 싫증이 나고 지쳐서 음악을 중지시킨다. 그리고 자신들의 찍찍거리는 소리로 되돌아온다. 때때로 잠깐 찍찍거리는 정도로 우리는 만족한다.

  우리에게 음악의 재능이 있든 없든 알 바가 아니다. 그리고 만일 그런 재능이 있다 할지라도, 우리 동료들은 그 재능을 발휘하기도 전에 억제해버리고 말 것이다. 거기에 대해서 요제피네가 멋대로 찍찍거리고 울든 노래를 부르든, 아니면 그녀가 원하는 대로 이름을 붙이든 간에 그것은 우리들에게 방해가 되지 않는다. 오히려 바라는 바이며 충분히 참을 수도 있다. 거기에 어떤 음악적인 요소가 포함되어 있다면, 그것은 최대한의 무가치를 조금씩 감소시키는 셈이 되는 것이다. 어떤 종류의 음악적인 습성은 인정될지도 모르지만, 그것이 우리들을 조금도 괴롭히지 않는다고 말할 수는 없다.

  그런데 요제피네는 이러한 기분의 종족에게 다시 더 많은 것을 가져다준다. 그녀의 음악회에서 특히 매우 진지할 때면, 아주 어린 패거리들만은 다시금 이 여가수에게 흥미를 갖는다. 그녀가 입술을 떨며 아름다운 앞니 사이로 바람을 내보내면서 자신이 내는 목소리에 스스로 찬탄을 하고, 금방이라도 잦아들듯이 힘없이 쓰러지면서 자신도 점점 알지 못하는 새로운 연출 효과에 스스로 압도당하는 듯한 광경을, 그들만은 경탄하면서 지켜보고 있다. 그러나 대부분의 대중은 —확실히 인정할 수 있는 일이지만— 재빨리 자신을 되찾고 있다. 대중은 이 싸움의 극히 짧은 순간에 꿈을 꾸고 있다. 각자 그 손발을 축 늘어뜨리고, 그들의 커다랗고 따뜻한 침대에 휴식을 갖지 못한 지친 몸을 마음껏 쭉 뻗을 수 있는 꿈을. 그리고 이 꿈속에서 때때로 요제피네의 찍찍거리는 소리를 듣는다. 그녀는 그 소리를 진주같이 곱다고 하고, 우리는 폐부를 찌르는 듯한 소리라고 말한다. 그런데 어찌되었든 이곳은 대중에게 안성맞춤의 장소다. 어디를 가도 이렇게까지 음악을 생각한 때는 전혀 없었으니까.

여기에는 가련하고 덧없는 어린 시절의 그 무엇인가가 있다. 사라져버린, 두 번 다시 찾아오지 않을 행복이 있다. 그리고 또 하루하루 일상 생활의 그 무엇인가가 있는 것이다. 일상 생활의 사소하고 붙잡기 힘든 그 무엇인가가. 그럼에도 불구하고 항상 끊이지 않고 이어지고 있는 생생한 기쁨이 여기에는 있다. 더욱이 모든 것은 소리를 크게 내서 말할 수 있는 것이 아니라, 가볍게 속삭이듯이 때로는 약간 목쉰 소리로 이야기할 수 있는 것이다. 물론 그것은 찍찍거리는 소리다. 왜 아니겠는가? 찍찍거리는 소리는 우리 종족의 언어이다. 많은 이들이 평생동안 찍찍거리면서도 그것을 알지 못했지만, 여기에서 찍찍거리는 소리는 우리들을 일상 생활의 속박으로부터 벗어나게 해주며, 잠시나마 해방시켜주는 것이다. 우리는 확실히 이 노래 공연이 없으면 곤란하다고 생각하고 있다.

그러나 여기에서 요제피네가 대중에게 자신은 이 기회에 당신들에게 여러 가지 새로운 용기를 베풀어주고 있다고 주장한다면 얘기는 달라진다. 그것은 물론 일반적인 사람들에게 해당되는 말이고, 요제피네에게 아첨하는 무리들에겐 해당되지 않는다.

"아무래도 별수 없을 거야."

사람들은 솔직하게 용기를 내어 말한다.

"어떻든 갑작스럽게 닥쳐올 위험을 무릅쓰고 많은 사람들을 모이게 한 데 대한 해명을 하지 않으면 안 될 거야. 이제까지도 이미 여러 차례 그런 위험한 상황이 닥칠 때마다 적절한 방위 조치를 강구하는 데 오히려 방해가 되어왔었잖아."

이 나중의 이야기는 유감스럽게도 사실이며, 아무래도 이것은 요제피네의 명예에 도움이 되지 못할 것이다.

특히 이러한 집회가 불시에 적의 습격을 받아 우리 종족의 대부분이 덧없이 생명을 잃어버렸을 때, 당자인 요제피네는 다분히 그녀의 음악 때문에 적을 불러들인 격이므로 마땅히 전적인 책임이 있는데도 도리어 언제나 가장 안전한 장소를 차지하였다가 추종자들의 호위를 받으며 제일 먼저 총총히 사라져버리는 것이다. 결코 아무도 이런 사실을 부정하지 못할 것이다. 이러한 사실을 대개 알고 있으면서도 막상 요제피네가 자기 멋대로 어느 때 어느 곳에서 노래를 시작한다고 하면, 역시 또 모두가 허둥지둥 달려온다. 그러니까 요제피네는 결국, 전체 종족을 위험하게 할지라도 그녀의 뜻대로 무슨 일이든 상관없이 할 수 있고 모든 것이 허용되는, 법률의 영향력 밖의 존재라고 말할 수 있을 것이다. 그렇다면 과연, 그것으로 대중에 대한 요제피네의 요구도 충분한 근거가 있는 것이다. 그뿐만 아니라, 대중이 그녀에게 부여하는 이 자유라는 것, 평소 아무에게도 주어지지 않으며 본래는 법에 위배되는 이 특별한 선물이야말로, 요제피네의 말대로 대중이 그녀를 절대 이해하지 못하고 있음을 설명해주는 것임을 알 수 있다. 대중은 단지 그녀의 예술에 넋을 잃고 바라보고 있을 뿐 그녀의 감정은 조금도 이해하지 못하고 있다. 그래서 대중은 요제피네의 이 불평에 대해서 어떻게 해서든지 보상을 하려고 애써 절망적인 태도를 취해보이기도 한다. 그리고 또 그녀는 자신의 예술이 대중의 이해력 밖에 있는 것과 마찬가지로, 그녀 자신과 자신의 갖가지 요구 또한 자신의 세력권 밖에 있다고 주장한다. 물론 이것은 전혀 도리에 맞지 않는 주장이다. 아마도 개개의 대중이 요제피네에게 너무나도 노골적으로 복종했기 때문에 그렇게 생각했을 것이다. 그러나 대중은 아무에게나 무조건 복종하진 않는다. 그녀라고 해서 누가 무조건 복종하겠는가.

요제피네는 이미 오래전, 가수 생활의 초기부터 다분히 자신의 노래에만 전념하고 일체의 노동은 하지 않기 위해 투쟁해왔다. 결국 일상의 빵 걱정이며 그 외에 우리들의 생존 경쟁과 관계되는 일은 모두 자기의 손으로부터 제외시켜서 모조리 —외관상으로는— 대중에게 대신 짊어지우겠다는 것이다. 쉽사리 감격하는 자라면 —그러한 무리들도 분명히 있다— 이 요구의 특이성과 이러한 요구를 생각해낼 수 있는 그녀의 기질만으로도 벌써 그녀에게 내면적인 자격과 권리가 있다고 생각해버릴지도 모른다. 그러나 우리 종족은 그들과는 다른 결론을 내리고 그녀의 요구를 조용히 거절한다. 청원의 근거 부당성을 반박하는 일은 별로 힘이 들지 않는다.

예를 들면 요제피네는 힘들여 노동을 하면 목소리에 나

쁘다고 말한다. 그녀는 '비록 노래할 때의 노력에 비하면 노동할 때의 고생쯤은 하찮은 것이라고 하겠지만, 그 때문에 노래를 부른 후에도 천천히 휴양을 해서 새로운 노래를 준비할 여유를 가질 수가 없다. 그렇게 되면 새로 노래를 불러도 엉망이 되어버리고, 게다가 그런 조건에서는 훌륭한 성과를 거두지 못할 것이 확실하다'고 말한다. 대중은 그녀가 하는 말에 귀기울이지만 그것을 일소에 붙여버린다. 이 감동하기 쉬운 대중도 때로는 전혀 감동 받지 않을 때가 있다. 종종 그 거절은 매우 엄격하여 요제피네마저 놀라서 말이 제대로 나오지 않을 정도이다. 그래서 그녀는 형편이 돌아가는 대로 따르는 시늉을 하며 적당히 일을 하고 노래도 될 수 있는 대로 열심히 부른다. 그러나 그것은 모두 순간에 그칠 뿐이고, 그녀는 곧 새로운 힘을 내서 — 목적을 위해서는 무한한 힘을 갖고 있는 모양이다— 또다시 투쟁에 나서는 것이다.

그런데 요제피네는, 그녀가 말로써 요구하고 있는 일을 실제로는 열망하고 있지 않는 것이 분명하다. 그녀는 영리하고, 또한 노동도 그다지 싫어하지 않는다. 대체로 우리 사회에서 게으른 자는 통용되지 않는다. 요구가 받아들여진 후라도, 그녀는 틀림없이 그때까지의 생활 태도를 바꾸지는 않을 것이다. 노동은 그녀의 노래에 조금도 방해가 되지 않으며, 물론 그녀의 노래도 그 이상 좋아지지는 않을 것이다— 그녀가 바라고 있는 것은 결국 그녀의 예술이 공공연하게 확실히 인정되고, 종래의 명사들보다 훨씬 더 칭송 받아 시대를 넘어 오래도록 지속되는 일이다. 그러나 다른 일은 무엇이든지 모두 이루어질 거라고 여겨지지만, 이 일만은 아무래도 그녀의 생각대로 잘 되지 않는다. 다분히 그녀는 처음에 곧바로 공격 방향을 변경해야 했다.

이제야 비로소 자신에게도 결함이 있어 보이는 것이다. 그러나 뒤로 물러설 수는 없다. 후퇴는 자기 자신에게 등돌리는 것을 뜻한다. 이 요구로 하여 그녀는 이미 성공하느냐 실패하느냐의 위기에 서지 않을 수 없게 되었다.

그녀의 말대로 실제 그녀에게 적이 있다면, 그 적들은 직접 손을 쓰지 않고도 이 싸움을 재미있게 구경할 수 있다. 그러나 그녀에게는 적이 없다. 종종 대다수의 의견이 그녀에게 반대될 때에도, 이 싸움은 그 누구의 흥도 돋우지 못한다. 그 까닭은 이곳의 대중이 평소 우리 동료들 사이에서는 극히 드물게 보이는 냉정한 재판관과 같은 태도를 취하고 있기 때문이 아니다. 설령 그런 태도를 취하는 사람이 있다 할지라도, 언젠가는 또 다른 대중이 자신에 대해서도 그와 비슷한 태도를 취할지 모른다는 생각만으로도 재미 운운하는 기분은 어디론가 사라져버린다. 거절하는 편이나 요구하는 편이나 문제는 사건 자체에 있는 것이 아니라, 대중이 한 사람의 동족에 대하여 그처럼 뚫고 들어갈 수 없을 정도로 빈틈없이 도사리고 있으면서 들어오는 것을 허용하지 않는다는 사실이다. 일반적으로 대중은 이러한 동포에 대하여 아버지처럼 아니 아버지 이상으로 겸허하게 보살펴주기 때문에, 그런 만큼 더욱 헤아릴 수 없는 두려움이 있는 법이다.

가령 여기에 대중이 아니라 한 사람의 개인이 있다고 하자. 그 사나이는 몹시 졸리고 피곤함에도 불구하고 시종 요제피네의 요구대로 움직여준다. 그러다가 마침내는 자신의 관대한 태도에 종지부를 찍게 되는 것이 고작일 게다. 사나이는 정말 초인적으로 그녀의 요구를 받아들이고 있지만 그 관대함에도 한도가 있다는 것을 그는 정확히 분별하고 있다. 그뿐만 아니라, 그가 필요 이상으로 관대하

가수 요제피네, 혹은 쥐의 일족

게 굴고 있는 것은 오로지 사태를 빨리 수습하기 위한 것이다. 즉 요제피네의 응석을 받아주어 새로운 요구를 계속 내놓게 하고는, 마침내 그녀가 진짜로 이 최후의 요구를 꺼내 놓으면 그때 몰아붙이려는 것이다. 여기에 이르면 그는 이미 오래전부터 충분한 준비가 되어 있었으므로 마침내 솔직하게 그녀의 요구를 거절할 수가 있는 것이다. 대중에게는 그런 점이 전혀 없다. 대중은 그와 같은 책략을 쓰지 않는다. 더욱이 요제피네에 대한 대중의 존경은 정직하고 확실하다. 요제피네의 요구는 맹렬한 것이어서 조심성이 없는 젊은이들은 그 요구의 결과가 어떻게 될 것인지를 숨기지 않고 사전에 말해버릴지도 모른다. 그럼에도 불구하고 이 일에 대한 요제피네의 생각에는 이미 그러한 억측이 작용하고 있어, 거부당한 자신의 고통에 아픔을 더하는 결과가 될 수도 있다.

그러나 그러한 억측이 있다고 해서, 그녀가 거기에 위협을 받아 싸움을 중지하는 일은 없다. 오히려 최근에 와서는 싸움이 더 격화되고 있다. 이제까지는 단지 말만으로 하는 싸움이었지만, 지금은 다른 수단에 의존하기 시작했다. 그녀의 입장에서 보면 그러는 편이 유리하고, 우리의 입장에서 보면 그것은 그녀 자신에게 한층 더 위험하다.

많은 사람들은 요제피네 자신이 나이 들었다는 것과 목소리가 약해지고 있다는 것을 알고 있기 때문에 지금이야말로 인기를 위해서 최후의 일전을 할 시기라고 여기고 초조해 하고 있는 것이라 믿고 있다. 그러나 나는 그렇게 생각하지 않는다. 그것이 사실이라면, 요제피네는 더 이상 요제피네가 아니다. 그녀에게는 나이를 먹는다든가 목소리가 약해진다든가 하는 일은 중요하지 않다. 그녀가 무엇인가를 요구할 때에는 그러한 외면적인 것이 아니라 좀 더

시종일관된 내면적인 논리가 작용하고 있는 것이다. 그녀가 최고의 영광을 얻기 위해 손을 내미는 것은, 그 영광이 비교적 낮은 곳에 매달려 있기 때문이 아니라 바로 지금 최고이기 때문이다. 가능하다면 그녀는 그 영광을 좀 더 높이는 일도 서슴지 않을 것이다.

이와 같이 외적인 어려움을 경시하고 있기 때문에, 그녀는 그 어떤 철면피한 수단에 의존하는 것도 사양치 않고 있다. 그녀에게 있어서 그녀의 정당성, 그녀의 권리는 추호도 의심할 여지가 없다. 그것은 결국 그녀가 자신의 목적을 어떻게 달성하느냐에 달려 있는 것이다. 어떻든 그녀의 말을 빌리면, 이 세상에서는 정당한 수단 같은 것은 불필요한 것이므로, 그녀는 스스로의 권리를 위한 투쟁을 노래에서 약간 가치가 낮은 다른 분야로까지 옮기기로 한 모양이다. 그녀의 추종자들이 퍼뜨리고 있는 소문에 의하면, 그녀는 온갖 계층의 대중, 심지어는 내심 반대하는 무리에 이르기까지 실제로 듣고 싶어질 정도로 매력적인 노래를 부를 수 있다고 자부하는 모양이다. 그 실제적인 매력이란 대중이 이제까지 요제피네의 노래를 듣고 느꼈다고 하는 그런 매력을 뜻함이 아니라, 요제피네가 동경하며 구하고 있는 매력을 뜻한다고 한다. 그렇지만 그녀가 덧붙여 말하기를, 자신은 고상한 것을 비속하게 만들거나 저속한 것에 영합하지는 못하므로 그것은 어디까지나 있는 그대로의 것이 아니면 안 된다는 것이다.

그런데 노동에서 해방되기 위한 투쟁에서 그녀의 모습은 다르다. 즉 이 경우에는 노래라는 귀중한 무기를 직접 쓰지 않고 싸우는 것이다. 그것은 노래를 위한 싸움에서도 마찬가지이지만, 요컨대 어떤 수단이든 가리지 않는 것이다. 그에 대한 예를 들자면 이런 소문이 있다. 모두가 요제피네의 뜻을 따르지 않으면, 그녀는 콜로라투라(coloratura, '색채가 있는'이라는 뜻으로 오페라 등의 장식적인 기교 양식)를 생략할 생각이라는 것이다. 나는 콜로라투라에 대해서는 전혀 모르며, 아직까지 그녀의 노래에서 콜로라투라의 편린조차 확인한 일이 없다. 그러나 요제피네는 콜로라투라를 생략하겠다고 한다. 미리 배제해버리는 것이 아니라 단지 생략한다는 것이다. 그녀는 그 위협을 말 그대로 실행해보였지만, 예측한 대로 나로서는 이제까지의 노래와 아무런 차이도 발견할 수가 없었다. 대중은 콜로라투라에 대하여 아무 말도 하지 않고 평소와 같이 귀를 기울이고 있었으며, 요제피네의 요구에 대한 태도도 변함이 없었다.

하여튼 요제피네는 겉모습도 그렇지만, 그 사고방식 또한 어딘지 모르게 참으로 가냘프고 아름답다는 것만은 부정할 수 없다. 이를테면, 그녀는 음악회가 끝난 후에 마치 그 콜로라투라에 대한 자신의 결심이 대중에게는 너무나 당돌하고 심한 것이었음을 깨닫기라도 한 듯이, 이다음에는 다시 콜로라투라를 집어넣어 부르겠노라고 말했다. 그런데 다음 음악회가 끝난 후에 그녀의 생각은 다시 변했다. 이제는 큰 콜로라투라는 완전히 중지한다는 것이다. 그녀는 너무나 제멋대로 결정을 내려버리므로 모두들 두 번 다신 음악회에 가지 말아야 하지만, 대중은 그녀의 이러한 언명, 결심, 번의들을 부드럽게 흘려 버린다. 마치 어른들이 아이들의 말을 마음속으로 가볍게 흘려 버리는 것처럼 근본은 호의적이지만, 그들은 무관심하다. 하지만 요제피네는 지고만 있지 않았다. 그녀는 새로이 이렇게 제의를 했다. 그녀는 작업을 하면서 발을 다쳤기 때문에 노래를 부르는 동안 서 있기가 어려운데, 서서 하지 않으면 노래를 잘 부를 수가 없으므로 이번에는 노래를 여러 가지 생략하지 않으면 안 되겠다는 주장이었다. 그녀는 다리를 절며 추종자들의 부축을 받고 있었지만, 아무도 그녀가 진짜로 다쳤다고는 믿지 않았다. 그녀의 연약한 육체가 특히 다치기 쉽겠다고 느껴지는 것은 사실이지만, 역시 우리는 일을 하는 종족이고 요제피네도 그 종족의 일원인 것이다. 만일 우리 모두가 어떤 부상이라도 입어 언제나 다리를 절게 된다면, 대중 전체는 다리 저는 행위를 그만두지 않을 것이다. 그런데 그녀가 절름발이처럼 다른 이들의 손에 이끌린 채 아주 가엾은 모습으로 평소와 같이 무대에 나타나자, 대중은 역시 그녀의 노래에 대해 평소처럼 고맙게 생각하며 노래를 생략했다고 해서 그 점을 꼬집어 떠들어대지도 않고 황홀하게 듣고만 있다.

　요제피네도 계속 다리만 절고 있을 수는 없기 때문에 다시 무엇인가 다른 일을 생각해낸다. 그녀는 과로를 했다든가, 기분이 나쁘다든가, 쇠약해졌다든가 하고 핑계를 댄다. 이번에는 음악회 외에 연극 비슷한 것까지 딸려 있었다. 요제피네의 뒤로 한패의 추종자들이 따라 나와서 그녀에게 제발 노래를 불러달라고 굽실거리면서 부탁한다. 그녀는 노래를 부르고 싶지만 부를 수가 없다고 한다. 일동은 그녀를 위로하고 달랜 끝에 껴안다시피 해서 미리 준비된, 그녀가 노래 부르기에 적당한 장소로 데리고 간다. 그녀는 까닭 모를 눈물을 흘리면서 마침내 부탁에 응한다.

　거기에서 그녀는 분명히 최후의 힘까지 자아내어 노래를 부르려고 한다. 그녀는 정말로 기운이 없는 듯이 팔을 평소와 같이 크게 벌리지 않고 몸의 양쪽에 축 늘어뜨리고 서 있다. 그 모습은 마치 팔이 약간 짧은 것이 아닌가 하는 느낌을 갖게 해준다— 이렇게 하고 노래를 시작하려 하는데, 역시 잘 부를 수가 없다. 기분이 나쁜 듯 머리를 꼿꼿우고 있는 것으로 보아 그것을 잘 알 수 있다. 그녀는 ─의 눈앞에서 쓰러진다. 그러나 곧 다시 마음을 가다─ 일어나서 노래를 부른다. 지금까지와 전혀 다름이 없─ ─래다. 아마도 섬세한 뉘앙스를 식별할 수 있는 귀를 ─이라면 다소 종전과 다른 감흥을 맛볼 수 있었을는지도 모른다. 그러나 그것은 단지 이 사태에 도움되는 것에 지나지 않는다. 그녀는 노래가 끝나자 오히려 평소보다도 피로하지 않은 기색으로 예의 종종걸음이라 불리는 대로 씩씩한 걸음걸이로 추종자들이 앞을 다투어 내미는 손을 뿌리치며 퇴장한다. 경의를 표하는 것인지 경원하는 것인지 알 수 없는, 살피는 듯한 차가운 시선을 대중에게 던지면서 그녀는 나가버렸다.

그것이 바로 얼마 전의 일이었다. 그런데 최근의 소식으로는, 그녀의 노래를 기대하고 있는 바로 이때 그녀가 실종되었다는 것이다. 그녀의 추종자들뿐만 아니라 많은 이들이 그녀를 찾는 일에 가세하고 있으나 헛수고인 모양이다. 요제피네는 이제 사라져버렸다. 노래를 부르고 싶지도 않고 그러한 부탁을 받는 것마저도 싫어져서, 그녀는 이번에야말로 완전히 우리 곁을 떠나버린 것이었다. 그렇게도 영리한 그녀의 계산이 어긋나고 있었다는 것은 이상하지 않은가. 어떻게 어긋나고 있었는가— 그녀는 그것을 전혀 생각하지 않고 이미 좋지 못한 운명의 장난에 계속 쫓기고 있었던 것이다. 그녀의 운명, 그것은 우리들의 세계에서는 단지 매우 비극적인 것이 될 수밖에 없는 것이다. 그녀는 자신의 손으로 노래와의 인연을 끊었고, 자신의 손으로 우리들의 마음을 지배할 수 있었던 스스로의 힘을 파괴했다. 그녀는 우리들의 마음을 그렇게도 모르면서 어떻게 그만한 힘을 얻을 수가 있었을까. 아니면 몰랐기 때문에 그 힘을 얻을 수가 있었던 것인가. 그녀는 자취를 감추었고 이제는 노래를 부르지 않는다. 그러나 대중은 침착하게 별로 낙담한 기색도 없이 거만하고 무표정하게 의례적인 태도로 —걸으로는 상반되는 말을 하고 있다— 다만 선물을 보낼 뿐이다. 그러나 결코 요제피네로부터 보답의 선물을 받을 수 없는 이 대중은, 스스로 만족해 하는 집단으로서 다시 자신의 길을 걸어갈 것이다.

그러나 요제피네는 몰락의 길을 걸을 수밖에 없다. 머지 않아 그녀의 최후의 목소리가 들리고, 마침내 잠잠해질 때가 올 것이다. 그것은 우리 종족의 영원한 역사에 있어서 하나의 사소한 에피소드에 지나지 않으며, 대중은 그 손실을 극복할 것이다. 우리들의 앞길은 결코 평탄하지 않을 것이다. 입을 다물고 있으면서 어떻게 집회가 성립될 수 있겠는가? 물론 집회는 요제피네가 있을 때에도 침묵을 지키고 있었다. 그녀의 찍찍거림은 과연 그 추억과 같이 거룩한 생명력을 지닌 것이었을까? 오히려 대중은 자신들의 분별력으로서, 요제피네의 노래를 그런 상태로 상실하지는 않을 것이라 믿었기 때문에 그 노래를 그와 같이 높은 위치에 올려 놓지 않았을까?

그러므로 우리들은 아마도 그녀의 부재로 인하여 조금도 곤란을 받지는 않을 것이다. 그러나 요제피네는, 그녀의 말을 빌리면 선택된 자만이 겪게 되는 지상의 고난에서 구원되어, 기꺼이 우리 종족의 무수한 영웅의 무리 속으로 사라져버릴 것이다. 우리는 역사를 교란시키는 사람들이 아니므로 그녀도 곧 모든 그녀의 형제들과 마찬가지로 고양된 구원 속에서 잊혀지고 말 것이다.

연보

1883년　7월 3일, 오스트리아-헝가리 제국령이었던 지금의 체코 프라하에서 상인 헤르만과 뢰비 가문인 율리의 아들로, 독일어를 사용하는 중산층 유대인 가정에서 태어남. 아버지의 사업으로 하루 12시간씩 일하는 부모를 대신해 보모와 하인들이 카프카와 그의 형제들을 돌봄. 카프카의 남동생 게오르크와 하인리히는 영아기에 사망.

1889년　여동생 엘리(Elli) 태어남.

1890년　여동생 발리(Valli) 태어남.

1892년　여동생 오틀라(Ottla) 태어남. 세 여동생은 이후 나치 강제 수용소로 흩어져 죽음을 맞이함. 그 중 유독 각별했던 오틀라는 아우슈비츠에서 사망한 것으로 추정됨.

1889년　프라하 구시가지의 4년제 초등학교인 플라이쉬마르크트(Fleischmarkt) 초등학교에 다님.

1893~1901년　프라하 구시가지의 독일계 김나지움에 다니며 평생지기인 루돌프 일로비(Rudolf Illowy)와 오스카 폴락(Oskar Polak) 등과 교제. 이 시기에 문학에 마음을 두고 습작. 1900년 17세 여름, 체코 동부 모라비아 지방의 시골의사인 외삼촌 지크프리트 뢰비의 집에서 방학을 보냄. 니체의 전작을 읽기 시작.

연보

1883년 7월 3일, 오스트리아-헝가리 제국령이었던 지금의 체코 프라하에서 상인 헤르만과 뢰비 가문인 율리의 아들로, 독일어를 사용하는 중산층 유대인 가정에서 태어남. 아버지의 사업으로 하루 12시간씩 일하는 부모를 대신해 보모와 하인들이 카프카와 그의 형제들을 돌봄. 카프카의 남동생 게오르크와 하인리히는 영아기에 사망.

1889년 여동생 엘리(Elli) 태어남.

1890년 여동생 발리(Valli) 태어남.

1892년 여동생 오틀라(Ottla) 태어남. 세 여동생은 이후 나치 강제 수용소로 흩어져 죽음을 맞이함. 그 중 유독 각별했던 오틀라는 아우슈비츠에서 사망한 것으로 추정됨.

1889년 프라하 구시가지의 4년제 초등학교인 플라이쉬마르크트(Fleischmarkt) 초등학교에 다님.

1893~1901년 프라하 구시가지의 독일계 김나지움에 다니며 평생지기인 루돌프 일로비(Rudolf Illowy)와 오스카 폴락(Oskar Polak) 등과 교제. 이 시기에 문학에 마음을 두고 습작. 1900년 17세 여름, 체코 동부 모라비아 지방의 시골의사인 외삼촌 지크프리트 뢰비의 집에서 방학을 보냄. 니체의 전작을 읽기 시작.

을 얻을 수가 있었던 것인가. 그녀는 자취를 감추었고 이제는 노래를 부르지 않는다. 그러나 대중은 침착하게 별로 낙담한 기색도 없이 거만하고 무표정하게 의례적인 태도로 —겉으로는 상반되는 말을 하고 있다— 다만 선물을 보낼 뿐이다. 그러나 결코 요제피네로부터 보답의 선물을 받을 수 없는 이 대중은, 스스로 만족해 하는 집단으로서 다시 자신의 길을 걸어갈 것이다.

그러나 요제피네는 몰락의 길을 걸을 수밖에 없다. 머지 않아 그녀의 최후의 목소리가 들리고, 마침내 잠잠해질 때가 올 것이다. 그것은 우리 종족의 영원한 역사에 있어서 하나의 사소한 에피소드에 지나지 않으며, 대중은 그 손실을 극복할 것이다. 우리들의 앞길은 결코 평탄하지 않을 것이다. 입을 다물고 있으면서 어떻게 집회가 성립될 수 있겠는가? 물론 집회는 요제피네가 있을 때에도 침묵을 지키고 있었다. 그녀의 찍찍거림은 과연 그 추억과 같이 거룩한 생명력을 지닌 것이었을까? 오히려 대중은 자신들의 분별력으로서, 요제피네의 노래를 그런 상태로 상실하지는 않을 것이라 믿었기 때문에 그 노래를 그와 같이 높은 위치에 올려 놓지 않았을까?

그러므로 우리들은 아마도 그녀의 부재로 인하여 조금도 곤란을 받지는 않을 것이다. 그러나 요제피네는, 그녀의 말을 빌리면 선택된 자만이 겪게 되는 지상의 고난에서 구원되어, 기꺼이 우리 종족의 무수한 영웅의 무리 속으로 사라져버릴 것이다. 우리는 역사를 교란시키는 사람들이 아니므로 그녀도 곧 모든 그녀의 형제들과 마찬가지로 고양된 구원 속에서 잊혀지고 말 것이다.

1901~1906년　프라하의 독일계 대학인 카를페르디난트 대학에서 학업. 화학을 공부하다가 법학으로 전공을 바꾸고 한 학기 동안 독문학을 공부함.

1902년　뮌헨 여행을 하며 독문학을 전공할 계획을 세우지만 프라하에서 법학 공부를 계속함. 10월, 평생지기 막스 브로트(이후 카프카의 유고를 직접 출판)를 만남.

1904~1905년　카프카의 첫 문학작품 〈어떤 투쟁의 기록〉 집필 시작. 막스 브로트, 오스카르 바움, 펠릭스 벨취와 정기적으로 프라하 유대계 문인 그룹 '프라하 서클' 형성.

1906년　막스 베버의 동생인 알프레드 베버의 지도로 프라하 대학에서 법학 박사학위 취득. 10월부터 프라하 민사법원과 형사법원에서 1년간 법률 실습.

1907년　미완성 단편 〈시골에서의 혼례 준비〉 집필 시작. 10월 첫 직장인 이탈리아계 민간 보험회사 입사해 9개월간 근무.

1908년　《휘페리온(Hyperion)》지에 8편의 산문 소품 첫 발표. 7월부터 1922년 7월 프라하 소재 노동자재해보험국로 이직해 조기 퇴직할 때까지 14년간 법률가로 근무하는 동안 성실하고 지적이며 유머 있다는 평판을 받음.

1909년　《휘페리온(Hyperion)》지에 〈어떤 투쟁의 기록〉의 일부인 〈취한 자와의 대화〉 게재. 막스 브로트 형제와 함께 휴가를 보냄.

1910년　본격적으로 일기를 쓰기 시작함. 5월 법률 고문으로 승진. 대중 집회 등 참석, 동유럽 유대인 순회극단의 연극을 자주 관람.

1911년　프리틀란트(현재 러시아 프라브딘스크)와 독일 라

이헨베르크로 공무 여행. 막스 브로트와 함께 북부 이탈리아의 바닷가에서 휴가를 보냄. 10월 유대인 극단 배우 이차크 뢰비와 교제하며 유대인이 공유하는 문학과 문화에 관심을 갖게 됨. 첫 장편소설 〈실종자〉(1927년 막스 브로트가 〈아메리카〉라는 제목으로 출판) 집필 시작.

1912년　8월, 막스 브로트의 소개로 펠리체 바우어와 첫 만남. 9월부터 서신을 활발히 주고받음. 9월, 하룻밤 사이에 〈선고(Das Urteil)〉 집필. 9월부터 이듬해 1월까지 〈실종자(Der Verschollene)〉 7장까지 완성. 11~12월, 〈변신(Die Verwandlung)〉 집필. 12월, 첫 번째 작품집 《관찰(Betrachtung)》 출간. 프라하 작가모임에서 〈선고〉 최초 공개 낭독.

1913년　3월 부활제 때 베를린에 있는 펠리체의 집 첫 방문. 5월, 〈실종자〉의 첫 장인 〈화부(Der Heizer)〉를 별도 출간. 11월, 펠리체의 친구 그레테 블로호와 서신 교환. 키에르케고르 저작에 관심을 갖게 됨.

1914년　6월, 베를린에서 펠리체 바우어와 약혼. 7월, 베를린 호텔에서 파혼. 8월, 독일이 러시아에 선전포고. 카프카는 노동자재해보험국의 요청으로 징집 면제. 8월, 〈심판(Der Prozeβ)〉 집필에 몰두. 10월, 〈유형지에서(In der Strafkolonie)〉와 〈실종자〉 집필. 〈법 앞에서〉 집필, 별도 출간(이후 〈소송〉에 수록됨). 그레테 블로흐와 교제.

1915년　1월, 〈소송〉 집필 중단. 펠리체 바우어와 재회. 3월, 프라하 시내에 방을 얻어 독립. 11월, 《변신》 출간. 칼 슈레른하임이 카프카에게 폰타네상을 양보함. 카프카는 1913년 출판한 〈화부〉로 이 상

	을 수상함.
1916년	4월 로베르트 무질이 프라하에 있는 카프카 방문. 7월 펠리체 바우어와 관계가 회복되어 열흘간 휴가. 10월, 〈선고〉 출간. 11월, 펠리체 바우어와 뮌헨을 여행하며 〈유형지에서〉 두 번째 낭독. 여동생 오틀라가 마련해준 프라하의 작은 집에서 6개월간 머물며 《시골의사》에 수록될 단편 〈서커스의 관중석에서〉〈이웃 마을〉〈황제의 사자〉 등을 집필.
1917년	3월, 쇤보른(Schönborn) 궁으로 방을 옮김. 7월, 펠리체 바우어와 두 번째 약혼. 8월, 각혈 등 폐결핵 증세를 보임. 9월, 폐결핵을 진단받고 펠리체와 파혼 결심. 요양을 위해 여동생 오틀라가 경영하는 작은 농장 취라우에서 이듬해 5월까지 머물며 〈세이렌의 침묵〉 외 다수의 잠언 집필. 12월, 펠리체 바우어와 두 번째 파혼. 《오스트리아 조간신문》에 〈어느 학술원에의 보고〉 게재.
1918년	12월, 슐레지엔에서 4개월간 요양. 율리에 보리체크를 알게 됨.
1919년	5월, 《유형지에서》 출간. 9월, 아버지의 반대에도 율리에 보리체크와 약혼. 이런 갈등을 계기로 《아버님께 드리는 편지(Brief an den Vater)》 집필.
1920년	구스타프 야누흐가 카프카를 자주 찾아와 대화를 나눔(이를 토대로 1951년 〈카프카와의 대화〉 출간). 카프카 작품을 체코어로 번역한 밀레나 에젠스카와 편지를 주고받음. 5월, 두 번째 단편집 《시골의사》 출판됨. 7월, 아버지의 반대로 율리에 보리체크와 파혼. 12월, 슬로바키아 마틀리아리 요

양소에서 9개월간 지냄. 우화적 단편 〈포세이돈(Poseidon)〉, 〈밤에(Nachts)〉, 〈법의 문제(Zur Frage der Gesetze)〉, 〈팽이(Der Kreisel)〉 집필. 이용소 동료 환자이자 의대생이었던 로베르트 클롭슈톡과 친교.

1921년   8월, 프라하로 돌아와 직장 생활 복귀. 다음 해 은퇴할 때까지 장기휴가를 얻음. 10월, 밀레나 예젠스카에게 10년간 쓴 일기를 건넴. 막스 브로트에게 사후에 발견되는 자기 원고를 모두 불태워 줄 것을 부탁함.

1922년   1월, 불면과 신경쇠약 증세를 보임. 체코 슈핀델뮐레에서 3주간 요양하며 마지막 장편소설 《성(Das Schloβ)》 집필 시작. 2월, 단편 〈단식 수도자(Ein Hungerkünstler)〉 〈어떤 개의 탐구(Forschungen eines Hundes)〉 등을 집필. 7월, 회사를 그만두고 연금을 받아 생활함. 8월, 신경쇠약 증세로 프라하 플라나에 있는 오틀라의 별장에서 요양하며 거주. 밀레나 예젠스카에게 《성》 원고를 건넴.

1923년   병상 생활이 잦아짐. 4월, 팔레스타인 이주 계획을 세우기도 함. 7월, 여동생 엘리 부부와 발트해 뮈리츠로 여행을 떠나 마지막 연인인 도라 디아만트를 만남. 9월, 도라 디아만트와 함께 살기 위해 프라하를 떠나 베를린으로 이주. 10월, 단편 〈작은 여인(Eine Kleine)〉과 겨울에 미완성작 〈굴(Der Bau)〉 집필.

1924년   3월, 막스 브로트가 건강이 악화된 카프카를 프라하로 데리고 옴. 마지막 작품 〈가수 요제피네, 혹은 쥐의 일족(Josefine, die Sängerin)〉 집필. 4월,

점차 말하기와 음식 섭취가 힘들어짐. 비너발트 요양소를 거쳐 4월, 도라 디아만트와 로베르트 클롭슈톡과 동행해 두 사람의 간호를 받으며 빈 교외 키얼링 요양소에 마지막 시간을 보냄. 단편집 《단식 수도자》 원고 교정. 6월 3일, 호프만 요양소에서 사망. 6월 11일, 프라하 신유대인공동묘지에 안장. 8월, 마지막 작품집 《단식 수도자》 출판됨.

옮긴이 박환덕

서울대 독문학과 졸업. 독일 뮌헨대학에서 독어독문학 연구.
국제독문학회(IDV), 독일독어독문학회(DGV) 회원.
서울대 인문대학장·독어독문학과장, 한국 카프카학회 회장, 한국 독어독문학회 회장, 한국문학번역원 원장 역임. 현 서울대 명예교수.
독일연방공화국에서 문화공로 십자훈장 받음.
저서로 《문학과 소외》(독문학 평론집) 《독일 문학의 이해》,
역서로 《양철북》 《파우스트》 《죽음에 이르는 병》 《유리알 유희》 《성》
《심판·실종자》 외 다수.

카프카 단편집

초판 1쇄 발행　2022년 5월 10일

지은이　　프란츠 카프카
옮긴이　　박환덕
펴낸이　　윤형두, 윤재민
펴낸데　　종합출판 범우

등록번호　제406-2004-000012호(2004년 1월 6일)
　　　　　　10881 경기도 파주시 광인사길 9-13(문발동)
대표전화　031-955-6900~4
팩스　　　031-955-6905
홈페이지　www.bumwoosa.co.kr
이메일　　bumwoosa1966@naver.com

ISBN　　978-89-6365-413-3　03850

잘못된 책은 바꾸어 드립니다.